L'AMANT

MARGUERITE DURAS

L'AMANT

FRANCE LOISIRS
123, boulevard de Grenelle, Paris

Édition du Club France Loisirs, Paris,
avec l'autorisation des Éditions de Minuit

© 1984 by Les Éditions de Minuit

ISBN 2-7242-6594-7

Pour Bruno Nuytten

Un jour, j'étais âgée déjà, dans le hall d'un lieu public, un homme est venu vers moi. Il s'est fait connaître et il m'a dit : « Je vous connais depuis toujours. Tout le monde dit que vous étiez belle lorsque vous étiez jeune, je suis venu pour vous dire que pour moi je vous trouve plus belle maintenant que lorsque vous étiez jeune, j'aimais moins votre visage de jeune femme que celui que vous avez maintenant, dévasté. »

Je pense souvent à cette image que je suis seule à voir encore et dont je n'ai jamais parlé. Elle est toujours là dans le même silence, émerveillante. C'est entre toutes celles qui me plaît de moi-même, celle où je me reconnais, où je m'enchante.

Très vite dans ma vie il a été trop tard. À dix-huit ans il était déjà trop tard. Entre dix-huit ans et vingt-cinq ans mon visage est parti dans une direction imprévue. À dix-huit ans j'ai vieilli. Je ne sais pas si c'est tout le monde, je n'ai jamais demandé. Il me semble qu'on m'a parlé de cette poussée du temps qui vous frappe quelquefois alors qu'on traverse les âges les plus jeunes, les plus célébrés de la vie. Ce vieillissement a été brutal. Je l'ai vu gagner mes traits un à un, changer le rapport qu'il y avait entre eux, faire les yeux plus grands, le regard plus triste, la bouche plus définitive, marquer le front de cassures profondes. Au contraire d'en être effrayée j'ai vu s'opérer ce vieillissement de mon visage avec l'intérêt que j'aurais pris par exemple au déroulement d'une lecture. Je savais aussi que je ne me trompais pas, qu'un jour il se ralentirait et qu'il prendrait son cours normal. Les gens qui m'avaient connue à dix-sept ans lors de mon voyage en France ont été impressionnés quand ils m'ont revue, deux ans après, à dix-neuf ans. Ce visage-là, nouveau, je l'ai gardé. Il a été mon visage. Il a vieilli encore bien sûr, mais relativement moins qu'il n'aurait dû. J'ai un visage lacéré de rides sèches et profondes, à la peau cassée. Il ne s'est pas affaissé comme certains visages à traits fins, il a gardé les mêmes contours mais sa matière est détruite. J'ai un visage détruit.

Que je vous dise encore, j'ai quinze ans et demi.
C'est le passage d'un bac sur le Mékong.
L'image dure pendant toute la traversée du fleuve.
J'ai quinze ans et demi, il n'y a pas de saisons dans ce pays-là, nous sommes dans une saison unique, chaude, monotone, nous sommes dans la longue zone chaude de la terre, pas de printemps, pas de renouveau.

Je suis dans une pension d'état à Saigon. Je dors et je mange là, dans cette pension, mais je vais en classe au-dehors, au lycée français. Ma mère, institutrice, veut le secondaire pour sa petite fille. Pour toi c'est le secondaire qu'il faudra. Ce qui était suffisant pour elle ne l'est plus pour la petite. Le secondaire et puis une bonne agrégation de mathématiques. J'ai toujours entendu cette rengaine depuis mes premières années d'école. Je n'ai jamais imaginé que je pourrais échapper à l'agrégation de mathématiques, j'étais heureuse de la faire espérer. J'ai toujours vu ma mère faire chaque jour l'avenir de ses enfants et le sien. Un jour, elle n'a plus été à même d'en faire de grandioses pour ses fils, alors elle en a fait d'autres, des avenirs de bouts de ficelle, mais de la sorte, eux aussi, ils remplissaient leur fonction, ils bouchaient le temps devant soi. Je me souviens des cours de comptabilité pour mon petit frère. De l'École universelle, tous les ans, à tous les niveaux. Il faut rattraper, disait ma mère. Ça durait trois jours, jamais quatre, jamais. Jamais. On jetait l'École universelle quand on changeait de poste. On recommençait dans le nouveau. Ma mère a tenu dix ans. Rien n'y a fait. Le petit frère est devenu un petit comptable à Saigon. L'école Violet n'existant pas à la colonie, nous lui devons le départ de mon frère aîné pour la France. Pendant quelques années il est resté en France pour faire l'école Violet. Il ne l'a pas faite. Ma mère ne devait pas être dupe. Mais elle n'avait pas le choix, il fallait séparer ce fils des deux autres enfants. Pendant quelques années il n'a plus fait partie de la famille. C'est en son absence que la mère a acheté la concession. Terrible aventure, mais pour nous les enfants qui restaient, moins terrible que n'aurait été la présence de l'assassin des enfants de la nuit, de la nuit du chasseur.

On m'a souvent dit que c'était le soleil trop fort pendant toute l'enfance. Mais je ne l'ai pas cru. On m'a dit aussi que c'était la réflexion dans laquelle la misère plongeait les enfants. Mais non, ce n'est pas ça. Les enfants-vieillards de la faim endémique, oui, mais nous, non, nous n'avions pas faim, nous étions des enfants blancs, nous avions honte, nous vendions nos meubles, mais nous n'avions pas faim, nous avions un boy et nous mangions, parfois, il est vrai, des saloperies, des échassiers, des petits caïmans, mais ces saloperies étaient cuites par un boy et servies par lui et parfois aussi nous les refusions, nous nous permettions ce luxe de ne pas vouloir manger. Non, il est arrivé quelque chose lorsque j'ai eu dix-huit ans qui a fait que ce visage a eu lieu. Ça devait se passer la nuit. J'avais peur de moi, j'avais peur de Dieu. Quand c'était le jour, j'avais moins peur et moins grave apparaissait la mort. Mais elle ne me quittait pas. Je voulais tuer, mon frère aîné, je voulais le tuer, arriver à avoir raison de lui une fois, une seule fois et le voir mourir. C'était pour enlever de devant ma mère l'objet de son amour, ce fils, la punir de l'aimer si fort, si mal, et surtout pour sauver mon petit frère, je le croyais aussi, mon petit frère, mon enfant, de la vie vivante de ce frère aîné posée au-dessus de la sienne, de ce voile noir sur le jour, de cette loi représentée par lui, édictée par lui, un être humain, et qui était une loi animale, et qui à chaque instant de chaque jour de la vie de ce petit frère faisait la peur dans cette vie, peur qui une fois a atteint son cœur et l'a fait mourir.

J'ai beaucoup écrit de ces gens de ma famille, mais tandis que je le faisais ils vivaient encore, la mère et les frères, et j'ai écrit autour d'eux, autour de ces choses sans aller jusqu'à elles.

L'histoire de ma vie n'existe pas. Ça n'existe pas. Il n'y a jamais de centre. Pas de chemin, pas de ligne. Il y a de vastes endroits où l'on fait croire qu'il y avait quelqu'un, ce n'est pas vrai il n'y avait personne. L'histoire d'une toute petite partie de ma jeunesse je l'ai plus ou moins écrite déjà, enfin je veux dire, de quoi l'apercevoir, je parle de celle-ci justement, de celle de la traversée du fleuve. Ce que je fais ici est différent, et pareil. Avant, j'ai parlé des périodes claires, de celles qui étaient éclairées. Ici je parle des périodes cachées de cette même jeunesse, de certains enfouissements que j'aurais opérés sur certains faits, sur certains sentiments, sur certains événements. J'ai commencé à écrire dans un milieu qui me portait très fort à la pudeur. Écrire pour eux était encore moral. Écrire, maintenant, il semblerait que ce ne soit plus rien bien souvent. Quelquefois je sais cela : que du moment que ce n'est pas, toutes choses confondues, aller à la vanité et au vent, écrire ce n'est rien. Que du moment que ce n'est pas, chaque fois, toutes choses confondues en une seule par essence inqualifiable, écrire ce n'est rien que publicité. Mais le plus souvent je n'ai pas d'avis, je vois que tous les champs sont ouverts, qu'il n'y aurait plus de murs, que l'écrit ne saurait plus où se mettre pour se cacher, se faire, se lire, que son inconvenance fondamentale ne serait plus respectée, mais je n'y pense pas plus avant.

Maintenant je vois que très jeune, à dix-huit ans, à quinze ans, j'ai eu ce visage prémonitoire de celui que j'ai attrapé ensuite avec l'alcool dans l'âge moyen de ma vie. L'alcool a rempli la fonction que Dieu n'a pas eue, il a eu aussi celle de me tuer, de tuer. Ce visage de l'alcool m'est venu avant l'alcool. L'alcool est venu le confirmer. J'avais en moi la place de ça, je l'ai su comme les autres, mais, curieusement, avant l'heure. De même que j'avais en moi la place du désir. J'avais à quinze ans le visage de la jouissance et je ne connaissais pas la jouissance. Ce visage se voyait très fort. Même ma mère devait le voir. Mes frères le voyaient. Tout a commencé de cette façon pour moi, par ce visage voyant, exténué, ces yeux cernés en avance sur le temps, l'*experiment*.

Quinze ans et demi. C'est la traversée du fleuve. Quand je rentre à Saigon, je suis en voyage, surtout quand je prends le car. Et ce matin-là j'ai pris le car à Sadec où ma mère dirige l'école des filles. C'est la fin des vacances scolaires, je ne sais plus lesquelles. Je suis allée les passer dans la petite maison de fonction de ma mère. Et ce jour-là je reviens à Saigon, au pensionnat. Le car pour indigènes est parti de la place du marché de Sadec. Comme d'habitude ma mère m'a accompagnée et elle m'a confiée au chauffeur, toujours elle me confie aux chauffeurs des cars de Saigon, pour le cas d'un accident, d'un incendie, d'un viol, d'une attaque de pirates, d'une panne mortelle du bac. Comme d'habitude le chauffeur m'a mise près de lui à l'avant, à la place réservée aux voyageurs blancs.

C'est au cours de ce voyage que l'image se serait détachée, qu'elle aurait été enlevée à la somme. Elle aurait pu exister, une photographie aurait pu être prise, comme une autre, ailleurs, dans d'autres circonstances. Mais elle ne l'a pas été. L'objet était trop mince pour la provoquer. Qui aurait pu penser à ça ? Elle n'aurait pu être prise que si on avait pu préjuger de l'importance de cet événement dans ma vie, cette traversée du fleuve. Or, tandis que celle-ci s'opérait, on ignorait encore jusqu'à son existence. Dieu seul la connaissait. C'est pourquoi, cette image, et il ne pouvait pas en être autrement, elle n'existe pas. Elle a été omise. Elle a été oubliée. Elle n'a pas été détachée, enlevée à la somme. C'est à ce manque d'avoir été faite qu'elle doit sa vertu, celle de représenter un absolu, d'en être justement l'auteur.

C'est donc pendant la traversée d'un bras du Mékong sur le bac qui est entre Vinhlong et Sadec dans la grande plaine de boue et de riz du sud de la Cochinchine, celle des Oiseaux.

Je descends du car. Je vais au bastingage. Je regarde le fleuve. Ma mère me dit quelquefois que jamais, de ma vie entière, je ne reverrai des fleuves aussi beaux que ceux-là, aussi grands, aussi sauvages, le Mékong et ses bras qui descendent vers les océans, ces territoires d'eau qui vont aller disparaître dans les cavités des océans. Dans la platitude à perte de vue,

13

ces fleuves, ils vont vite, ils versent comme si la terre penchait.

Je descends toujours du car quand on arrive sur le bac, la nuit aussi, parce que toujours j'ai peur, j'ai peur que les câbles cèdent, que nous soyons emportés vers la mer. Dans le courant terrible je regarde le dernier moment de ma vie. Le courant est si fort, il emporterait tout, aussi bien des pierres, une cathédrale, une ville. Il y a une tempête qui souffle à l'intérieur des eaux du fleuve. Du vent qui se débat.

Je porte une robe de soie naturelle, elle est usée, presque transparente. Avant, elle a été une robe de ma mère, un jour elle ne l'a plus mise parce qu'elle la trouvait trop claire, elle me l'a donnée. Cette robe est sans manches, très décolletée. Elle est de ce bistre que prend la soie naturelle à l'usage. C'est une robe dont je me souviens. Je trouve qu'elle me va bien. J'ai mis une ceinture de cuir à la taille, peut-être une ceinture de mes frères. Je ne me souviens pas des chaussures que je portais ces années-là mais seulement de certaines robes. La plupart du temps je suis pieds nus en sandales de toile. Je parle du temps qui a précédé le collège de Saigon. À partir de là bien sûr j'ai toujours mis des chaussures. Ce jour-là je dois porter cette fameuse paire de talons hauts en lamé or. Je ne vois rien d'autre que je pourrais porter ce jour-là, alors je les porte. Soldes soldés que ma mère m'a achetés. Je porte ces lamés or pour aller au lycée. Je vais au lycée en chaussures du soir ornées de petits motifs en strass. C'est ma volonté. Je ne me supporte qu'avec cette paire de chaussures-là et encore maintenant je me veux comme ça, ces talons hauts sont les premiers de ma vie, ils sont beaux, ils ont éclipsé toutes les chaussures qui les ont précédés, celles pour courir et jouer, plates, de toile blanche.

Ce ne sont pas les chaussures qui font ce qu'il y a d'insolite, d'inouï, ce jour-là, dans la tenue de la petite. Ce qu'il y a ce jour-là c'est que la petite porte sur la tête un chapeau d'homme aux bords plats, un feutre souple couleur bois de rose au large ruban noir.

L'ambiguïté déterminante de l'image, elle est dans ce chapeau.

Comment il était arrivé jusqu'à moi, je l'ai oublié. Je ne vois pas qui me l'aurait donné. Je crois que c'est ma mère qui me l'a acheté et sur ma demande. Seule certitude, c'était un solde soldé. Comment expliquer cet achat ? Aucune femme, aucune jeune fille ne porte de feutre d'homme dans cette colonie à cette époque-là. Aucune femme indigène non plus. Voilà ce qui a dû arriver, c'est que j'ai essayé ce feutre, pour rire, comme ça, que je me suis regardée dans le miroir du marchand et que j'ai vu : sous le chapeau d'homme, la minceur ingrate de la forme, ce défaut de l'enfance, est devenue autre chose. Elle a cessé d'être une donnée brutale, fatale, de la nature. Elle est devenue, tout à l'opposé, un choix contrariant de celle-ci, un choix de l'esprit. Soudain, voilà qu'on l'a voulue. Soudain je me vois comme une autre, comme une autre serait vue, au-dehors, mise à la disposition de tous, mise à la disposition de tous les regards, mise dans la circulation des villes, des routes, du désir. Je prends le chapeau, je ne m'en sépare plus, j'ai ça, ce chapeau qui me fait tout entière à lui seul, je ne le quitte plus. Pour les chaussures, ça a dû être un peu pareil, mais après le chapeau. Ils contredisent le chapeau, comme le chapeau contredit le corps chétif, donc ils sont bons pour moi. Je ne les quitte plus non plus, je vais partout avec ces chaussures, ce chapeau, dehors, par tous les temps, dans toutes les occasions, je vais dans la ville.

J'ai retrouvé une photographie de mon fils à vingt ans. Il est en Californie avec ses amies Erika et Elisabeth Lennard. Il est maigre, tellement, on dirait un Ougandais blanc lui aussi. Je lui ai trouvé un sourire arrogant, un peu l'air de se moquer. Il se veut donner une image déjetée de jeune vagabond. Il se plaît ainsi, pauvre, avec cette mine de pauvre, cette dégaine de jeune maigre. C'est cette photographie qui est au plus près de celle qui n'a pas été faite de la jeune fille du bac.

Celle qui a acheté le chapeau rose à bords plats et au large ruban noir c'est elle, cette femme d'une certaine photographie, c'est ma mère. Je la reconnais mieux là que sur des photos plus récentes. C'est la cour d'une maison sur le Petit Lac de Hanoi. Nous sommes ensemble, elle et nous, ses enfants. J'ai quatre ans. Ma mère est au centre de l'image. Je reconnais bien comme elle se tient mal, comme elle ne sourit pas, comme elle attend que la photo soit finie. À ses traits tirés, à un certain désordre de sa tenue, à la somnolence de son regard, je sais qu'il fait chaud,

16

qu'elle est exténuée, qu'elle s'ennuie. Mais c'est à la façon dont nous sommes habillés, nous, ses enfants, comme des malheureux, que je retrouve un certain état dans lequel ma mère tombait parfois et dont déjà, à l'âge que nous avons sur la photo, nous connaissions les signes avant-coureurs, cette façon, justement, qu'elle avait, tout à coup, de ne plus pouvoir nous laver, de ne plus nous habiller, et parfois même de ne plus nous nourrir. Ce grand découragement à vivre, ma mère le traversait chaque jour. Parfois il durait, parfois il disparaissait avec la nuit. J'ai eu cette chance d'avoir une mère désespérée d'un désespoir si pur que même le bonheur de la vie, si vif soit-il, quelquefois, n'arrivait pas à l'en distraire tout à fait. Ce que j'ignorerai toujours c'est le genre de faits concrets qui la faisaient chaque jour nous quitter de la sorte. Cette fois-là, peut-être est-ce cette bêtise qu'elle vient de faire, cette maison qu'elle vient d'acheter — celle de la photographie — dont nous n'avions nul besoin et cela quand mon père est déjà très malade, si près de mourir, à quelques mois. Ou peut-être vient-elle d'apprendre qu'elle est malade à son tour de cette maladie dont lui il va mourir ? Les dates coïncident. Ce que j'ignore comme elle devait l'ignorer, c'est la nature des évidences qui la traversaient et qui faisaient ce découragement lui apparaître. Était-ce la mort de mon père déjà présente, ou celle du jour ? La mise en doute de ce mariage ? de ce mari ? de ces enfants ? ou celle plus générale du tout de cet avoir ?

C'était chaque jour. De cela je suis sûre. Ça devait être brutal. À un moment donné de chaque jour ce désespoir se montrait. Et puis suivait l'impossibilité

17

d'avancer encore, ou le sommeil, ou quelquefois rien, ou quelquefois au contraire les achats de maisons, les déménagements, ou quelquefois aussi cette humeur-là, seulement cette humeur, cet accablement ou quelquefois, une reine, tout ce qu'on lui demandait, tout ce qu'on lui offrait, cette maison sur le Petit Lac, sans raison aucune, mon père déjà mourant, ou ce chapeau à bords plats, parce que la petite le voulait tant, ou ces chaussures lamés or idem. Ou rien, ou dormir, mourir.

Je n'avais jamais vu de film avec ces Indiennes qui portent ces mêmes chapeaux à bords plats et des tresses par le devant de leur corps. Ce jour-là j'ai aussi des tresses, je ne les ai pas relevées comme je le fais d'habitude, mais ce ne sont pas les mêmes. J'ai deux longues tresses par le devant de mon corps comme ces femmes du cinéma que je n'ai jamais vues mais ce sont des tresses d'enfant. Depuis que j'ai le chapeau, pour pouvoir le mettre je ne relève plus mes cheveux. Depuis quelque temps je tire fort sur mes cheveux, je les coiffe en arrière, je voudrais qu'ils soient plats, qu'on les voie moins. Chaque soir je les peigne et je refais mes nattes avant de me coucher comme ma mère m'a appris. Mes cheveux sont lourds, souples, douloureux, une masse cuivrée qui m'arrive aux reins. On dit souvent que c'est ce que j'ai de plus beau et moi j'entends que ça signifie que je ne suis pas belle. Ces cheveux remarquables je les ferai couper à vingt-trois ans à Paris, cinq ans après avoir quitté ma mère. J'ai dit : coupez. Il a coupé. Le tout en un seul geste, pour dégrossir le chantier, le ciseau froid a frôlé la peau du cou. C'est tombé par terre. On m'a demandé si je les voulais, qu'on en ferait un paquet. J'ai dit non. Après on n'a plus dit que j'avais de beaux cheveux, je veux dire on ne l'a plus jamais dit à ce point-là, comme avant on me le disait, avant de les couper. Après, on a plutôt dit : elle a un beau regard. Le sourire aussi, pas mal.

Sur le bac, regardez-moi, je les ai encore. Quinze ans et demi. Déjà je suis fardée. Je mets de la crème Tokalon, j'essaye de cacher les taches de rousseur que j'ai sur le haut des joues, sous les yeux. Par-dessus la crème Tokalon je mets de la poudre couleur chair, marque Houbigan. Cette poudre est à ma mère qui en met pour aller aux soirées de l'Administration générale. Ce jour-là j'ai aussi du rouge à lèvres rouge sombre comme alors, cerise. Je ne sais pas comment je me le suis procuré, c'est peut-être Hélène Lagonelle qui l'a volé à sa mère pour moi, je ne sais plus. Je n'ai pas de parfum, chez ma mère c'est l'eau de Cologne et le savon Palmolive.

Sur le bac, à côté du car, il y a une grande limousine noire avec un chauffeur en livrée de coton blanc. Oui, c'est la grande auto funèbre de mes livres. C'est la Morris Léon-Bollée. La Lancia noire de l'ambassade de France à Calcutta n'a pas encore fait son entrée dans la littérature.

Entre les chauffeurs et les maîtres il y a encore des vitres à coulisses. Il y a encore des strapontins. C'est encore grand comme une chambre.

Dans la limousine il y a un homme très élégant qui me regarde. Ce n'est pas un Blanc. Il est vêtu à l'européenne, il porte le costume de tussor clair des banquiers de Saigon. Il me regarde. J'ai déjà l'habitude qu'on me regarde. On regarde les Blanches aux colonies, et les petites filles blanches de douze ans aussi. Depuis trois ans les Blancs aussi me regardent dans les rues et les amis de ma mère me demandent gentiment de venir goûter chez eux à l'heure où leurs femmes jouent au tennis au Club sportif.

Je pourrais me tromper, croire que je suis belle comme les femmes belles, comme les femmes regardées, parce qu'on me regarde vraiment beaucoup. Mais moi je sais que ce n'est pas une question de beauté mais d'autre chose, par exemple, oui, d'autre chose, par exemple d'esprit. Ce que je veux paraître je le parais, belle aussi si c'est ce que l'on veut que je sois, belle, ou jolie, jolie par exemple pour la famille, pour la famille, pas plus, tout ce que l'on veut de moi je peux le devenir. Et le croire. Croire que je suis charmante aussi bien. Dès que je le crois, que cela devienne vrai pour celui qui me voit et qui désire que je sois selon son goût, je le sais aussi. Ainsi, en toute conscience je peux être charmante même si je suis hantée par la mise à mort de mon frère. Pour la mort, une seule complice, ma mère. Je dis le mot charmant comme on le disait autour de moi, autour des enfants.

Je suis avertie déjà. Je sais quelque chose. Je sais que ce ne sont pas les vêtements qui font les femmes plus ou moins belles ni les soins de beauté, ni le prix des onguents, ni la rareté, le prix des atours. Je sais que le problème est ailleurs. Je ne sais pas où il est. Je sais seulement qu'il n'est pas là où les femmes croient. Je regarde les femmes dans les rues de Saigon, dans les postes de brousse. Il y en a de très belles, de très blanches, elles prennent un soin extrême de leur beauté ici, surtout dans les postes de brousse. Elles ne font rien, elles se gardent seulement, elles se gardent pour l'Europe, les amants, les vacances en Italie, les longs congés de six mois tous les trois ans lorsqu'elles pourront enfin parler de ce qui se passe ici, de cette existence coloniale si particulière, du service de ces gens, de ces boys, si parfait, de la végétation, des bals, de ces villas blanches, grandes à s'y perdre, où sont logés les fonctionnaires dans les postes éloignés. Elles attendent. Elles s'habillent pour rien. Elles se regardent. Dans l'ombre de ces villas, elles se regardent pour plus tard, elles croient vivre un roman, elles ont déjà les longues penderies pleines de robes à ne savoir qu'en faire, collectionnées comme le temps, la longue suite des jours d'attente. Certaines deviennent folles. Certaines sont plaquées pour une jeune domestique qui se tait. Plaquées. On entend ce mot les atteindre, le bruit qu'il fait, le bruit de la gifle qu'il donne. Certaines se tuent.

Ce manquement des femmes à elles-mêmes par elles-mêmes opéré m'apparaissait toujours comme une erreur.

Il n'y avait pas à attirer le désir. Il était dans celle qui le provoquait ou il n'existait pas. Il était déjà là dès le premier regard ou bien il n'avait jamais existé. Il était l'intelligence immédiate du rapport de sexualité ou bien il n'était rien. Cela, de même, je l'ai su avant l'*experiment*.

Seule Hélène Lagonelle échappait à la loi de l'erreur. Attardée dans l'enfance.

Je suis longtemps sans avoir de robes à moi. Mes robes sont des sortes de sac, elles sont faites dans d'anciennes robes de ma mère qui sont elles-mêmes des sortes de sac. Mises à part celles que ma mère me fait faire par Dô. C'est la gouvernante qui ne quittera jamais ma mère même lorsqu'elle rentrera en France, même lorsque mon frère aîné essaiera de la violer dans la maison de fonction de Sadec, même lorsqu'elle ne sera plus payée. Dô a été élevée chez les sœurs, elle brode et elle fait des plis, elle coud à la main comme on ne coud plus depuis des siècles, avec des aiguilles fines comme des cheveux. Comme elle brode, ma mère lui fait broder des draps. Comme elle fait des plis, ma mère me fait faire des robes à plis, des robes à volants, je les porte comme des sacs, elles sont démodées, toujours enfantines, deux séries de plis sur le devant et col Claudine, ou lés sur la jupe, ou volants bordés de biais pour faire « couture ». Je porte ces robes comme des sacs avec des ceintures qui les déforment, alors elles deviennent éternelles.

Quinze ans et demi. Le corps est mince, presque chétif, des seins d'enfant encore, fardée en rose pâle et en rouge. Et puis cette tenue qui pourrait faire qu'on en rie et dont personne ne rit. Je vois bien que tout est là. Tout est là et rien n'est encore joué, je le vois dans les yeux, tout est déjà dans les yeux. Je veux écrire. Déjà je l'ai dit à ma mère : ce que je veux c'est ça, écrire. Pas de réponse la première fois. Et puis elle demande : écrire quoi ? Je dis des livres, des romans. Elle dit durement : après l'agrégation de mathématiques tu écriras si tu veux, ça ne me regardera plus. Elle est contre, ce n'est pas méritant, ce n'est pas du travail, c'est une blague — elle me dira plus tard : une idée d'enfant.

La petite au chapeau de feutre est dans la lumière limoneuse du fleuve, seule sur le pont du bac, accoudée au bastingage. Le chapeau d'homme colore de rose toute la scène. C'est la seule couleur. Dans le soleil brumeux du fleuve, le soleil de la chaleur, les rives se sont effacées, le fleuve paraît rejoindre l'horizon. Le fleuve coule sourdement, il ne fait aucun bruit, le sang dans le corps. Pas de vent au-dehors de l'eau. Le moteur du bac, le seul bruit de la scène, celui d'un vieux moteur déglingué aux bielles coulées. De temps en temps, par rafales légères, des bruits de voix. Et puis les aboiements des chiens, ils viennent de partout, de derrière la brume, de tous les villages. La petite connaît le passeur depuis qu'elle est enfant. Le passeur lui sourit et il lui demande des nouvelles de Madame la Directrice. Il dit qu'il la voit passer souvent de nuit, qu'elle va souvent à la concession du Cambodge. La mère va bien, dit la petite. Autour du bac, le fleuve, il est à ras bord, ses eaux en marche traversent les eaux stagnantes des rizières, elles ne se mélangent pas. Il a ramassé tout ce qu'il a rencontré depuis le Tonlésap, la forêt cambodgienne. Il emmène

23

tout ce qui vient, des paillotes, des forêts, des incendies éteints, des oiseaux morts, des chiens morts, des tigres, des buffles, noyés, des hommes noyés, des leurres, des îles de jacinthes d'eau agglutinées, tout va vers le Pacifique, rien n'a le temps de couler, tout est emporté par la tempête profonde et vertigineuse du courant intérieur, tout reste en suspens à la surface de la force du fleuve.

Je lui ai répondu que ce que je voulais avant toute autre chose c'était écrire, rien d'autre que ça, rien. Jalouse elle est. Pas de réponse, un regard bref aussitôt détourné, le petit haussement d'épaules, inoubliable. Je serai la première à partir. Il faudra attendre encore quelques années pour qu'elle me perde, pour qu'elle perde celle-ci, cette enfant-ci. Pour les fils il n'y avait pas de crainte à avoir. Mais celle-ci, un jour, elle le savait, elle partirait, elle arriverait à sortir. Première en français. Le proviseur lui dit : votre fille, madame, est première en français. Ma mère ne dit rien, rien, pas contente parce que c'est pas ses fils qui sont les premiers en français, la saleté, ma mère, mon amour, elle demande : et en mathématiques? On dit : ce n'est pas encore ça, mais ça viendra. Ma mère demande : ça viendra quand? On répond : quand elle le voudra, madame.
Ma mère mon amour son incroyable dégaine avec ses bas de coton reprisés par Dô, sous les Tropiques elle croit encore qu'il faut mettre des bas pour être la dame directrice de l'école, ses robes lamentables, difformes, reprisées par Dô, elle vient encore tout droit de sa ferme picarde peuplée de cousines, elle use

tout jusqu'au bout, croit qu'il faut, qu'il faut mériter, ses souliers, ses souliers sont éculés, elle marche de travers, avec un mal de chien, ses cheveux sont tirés et serrés dans un chignon de Chinoise, elle nous fait honte, elle me fait honte dans la rue devant le lycée, quand elle arrive dans sa B.12 devant le lycée tout le monde regarde, elle, elle s'aperçoit de rien, jamais, elle est à enfermer, à battre, à tuer. Elle me regarde, elle dit : peut-être que toi tu vas t'en tirer. De jour et de nuit, l'idée fixe. Ce n'est pas qu'il faut arriver à quelque chose, c'est qu'il faut sortir de là où l'on est.

Quand ma mère retrouve l'air, qu'elle sort du désespoir, elle découvre le chapeau d'homme et les lamés or. Elle me demande ce que c'est. Je dis que c'est rien. Elle me regarde, ça lui plaît, elle sourit. C'est pas mal elle dit, ça ne te va pas mal, ça change. Elle ne demande pas si c'est elle qui les a achetés, elle sait que c'est elle. Elle sait qu'elle en est capable, que certaines fois, ces fois-là que je disais, on lui soutire tout ce qu'on veut, qu'elle ne peut rien contre nous. Je lui dis : c'est pas cher du tout, ne t'en fais pas. Elle demande où c'était. Je dis que c'était rue Catinat, des soldes soldés. Elle me regarde avec sympathie. Elle doit trouver que c'est un signe réconfortant cette imagination de la petite, d'inventer de s'habiller de cette façon. Non seulement elle admet cette pitrerie, cette inconvenance, elle rangée comme une veuve, vêtue de grisaille comme une défroquée, mais cette inconvenance lui plaît.

Le lien avec la misère est là aussi dans le chapeau

d'homme car il faudra bien que l'argent arrive dans la maison, d'une façon ou d'une autre il le faudra. Autour d'elle c'est les déserts, les fils c'est les déserts, ils feront rien, les terres salées aussi, l'argent restera perdu, c'est bien fini. Reste cette petite-là qui grandit et qui, elle, saura peut-être un jour comment fait venir l'argent dans cette maison. C'est pour cette raison, elle ne le sait pas, que la mère permet à son enfant de sortir dans cette tenue d'enfant prostituée. Et c'est pour cela aussi que l'enfant sait bien y faire déjà, pour détourner l'attention qu'on lui porte à elle vers celle que, elle, elle porte à l'argent. Ça fait sourire la mère.

La mère ne l'empêchera pas de le faire quand elle cherchera de l'argent. L'enfant dira : je lui ai demandé cinq cents piastres pour le retour en France. La mère dira que c'est bien, que c'est ce qu'il faut pour s'installer à Paris, elle dira : ça ira avec cinq cents piastres. L'enfant sait que ce qu'elle fait, elle, c'est ce que la mère aurait choisi que fasse son enfant, si elle avait osé, si elle en avait la force, si le mal que faisait la pensée n'était pas là chaque jour, exténuant.

Dans les histoires de mes livres qui se rapportent à mon enfance, je ne sais plus tout à coup ce que j'ai évité de dire, ce que j'ai dit, je crois avoir dit l'amour que l'on portait à notre mère mais je ne sais pas si j'ai dit la haine qu'on lui portait aussi et l'amour qu'on se portait les uns les autres, et la haine aussi, terrible, dans cette histoire commune de ruine et de mort qui était celle de cette famille dans tous les cas, dans celui de l'amour comme dans celui de la haine et qui échappe encore à tout mon entendement, qui m'est encore inaccessible, cachée au plus profond de ma chair, aveugle comme un nouveau-né du premier jour. Elle est le lieu au seuil de quoi le silence commence. Ce qui s'y passe c'est justement le silence, ce lent travail pour toute ma vie. Je suis encore là, devant ces enfants possédés, à la même distance du mystère. Je n'ai jamais écrit, croyant le faire, je n'ai jamais aimé, croyant aimer, je n'ai jamais rien fait qu'attendre devant la porte fermée.

Quand je suis sur le bac de Mékong, ce jour de la limousine noire, la concession du barrage n'a pas encore été abandonnée par ma mère. De temps en temps on fait encore la route, comme avant, la nuit, on y va encore tous les trois, on va y passer quelques jours. On reste là sur la verandah du bungalow, face à la montagne du Siam. Et puis on repart. Elle n'a rien à y faire mais elle y revient. Mon petit frère et moi on est près d'elle sur la verandah face à la forêt. On est trop grands maintenant, on ne se baigne plus dans le rac, on ne va plus chasser la panthère noire dans les marécages des embouchures, on ne va plus ni dans la forêt ni dans les villages des poivrières. Tout a grandi autour de nous. Il n'y a plus d'enfants ni sur les buffles ni ailleurs. On est atteint d'étrangeté nous aussi et la même lenteur que celle qui a gagné ma mère nous a gagnés nous aussi. On a appris rien, à regarder la forêt, à attendre, à pleurer. Les terres du bas sont définitivement perdues, les domestiques cultivent les parcelles du haut, on leur laisse le paddy, ils restent là sans salaire, ils profitent des bonnes paillotes que ma mère a fait construire. Ils nous aiment comme si nous étions des membres de leur famille, ils font comme s'ils gardaient le bungalow et ils le gardent. Rien ne manque à la pauvre vaisselle. La toiture pourrie par les pluies continue à disparaître. Mais les meubles sont nettoyés. Et la forme du bungalow est là pure comme un dessin, visible de la route. Les portes sont ouvertes chaque jour pour que le vent passe et sèche le bois. Et fermées le soir aux chiens errants, aux contrebandiers de la montagne.

Ce n'est donc pas à la cantine de Réam, vous voyez, comme je l'avais écrit, que je rencontre l'homme riche à la limousine noire, c'est après l'abandon de la concession, deux ou trois ans après, sur le bac, ce jour que je raconte, dans cette lumière de brume et de chaleur.

C'est un an et demi après cette rencontre que ma mère rentre en France avec nous. Elle vendra tous ses meubles. Et puis elle ira une dernière fois au barrage. Elle s'assiéra sur la verandah face au couchant, on regardera une fois encore vers le Siam, une dernière fois, jamais ensuite, même lorsqu'elle quittera de nouveau la France, quand elle changera encore d'avis et qu'elle reviendra encore une fois en Indochine pour prendre sa retraite à Saigon, jamais plus elle n'ira devant cette montagne, devant ce ciel jaune et vert au-dessus de cette forêt.

Oui, que je dise, tard déjà dans sa vie, elle a

recommencé. Elle a fait une école de langue française, la Nouvelle École française, qui lui permettra de payer une partie de mes études et d'entretenir son fils aîné pendant tout le temps qu'elle a vécu.

Le petit frère est mort en trois jours d'une broncho-pneumonie, le cœur n'a pas tenu. C'est à ce moment-là que j'ai quitté ma mère. C'était pendant l'occupation japonaise. Tout s'est terminé ce jour-là. Je ne lui ai plus jamais posé de questions sur notre enfance, sur elle. Elle est morte pour moi de la mort de mon petit frère. De même que mon frère aîné. Je n'ai pas surmonté l'horreur qu'ils m'ont inspirée tout à coup. Ils ne m'importent plus. Je ne sais plus rien d'eux après ce jour. Je ne sais pas encore comment elle a réussi à payer ses dettes aux chettys. Un jour ils ne sont plus venus. Je les vois. Ils sont assis dans le petit salon de Sadec, habillés de pagnes blancs, ils restent là sans un mot, des mois, des années. On entend ma mère qui pleure et qui les insulte, elle est dans sa chambre, elle ne veut pas en sortir, elle crie qu'on la laisse, ils sont sourds, calmes, souriants, ils restent. Et puis un jour il n'y en a plus. Ils sont morts maintenant, la mère et les deux frères. Pour les souvenirs aussi c'est trop tard. Maintenant je ne les aime plus. Je ne sais plus si je les ai aimés. Je les ai quittés. Je n'ai plus dans ma tête le parfum de sa peau ni dans mes yeux la couleur de ses yeux. Je ne me souviens plus de la voix, sauf parfois de celle de la douceur avec la fatigue du soir. Le rire, je ne l'entends plus, ni le rire, ni les cris. C'est fini, je ne me souviens plus. C'est pourquoi j'en écris si facile d'elle maintenant, si long, si étiré, elle est devenue écriture courante.

Elle a dû rester à Saigon de 1932 à 1949, cette femme. C'est en décembre 1942 que mon petit frère meurt. Elle ne peut plus bouger de nulle part. Elle est encore restée là-bas, près de la tombe elle dit. Et puis elle a fini par rentrer en France. Mon fils avait deux ans quand nous nous sommes revues. C'était trop tard pour se retrouver. Dès le premier regard on l'a compris. Il n'y avait plus rien à retrouver. Sauf avec le fils aîné c'était fini pour tout le reste. Elle est allée vivre et mourir dans le Loir-et-Cher dans le faux château Louis XIV. Elle habitait avec Dô. Elle avait encore peur la nuit. Elle avait acheté un fusil. Dô faisait le guet dans les chambres mansardées du dernier étage du château. Elle avait acheté aussi une propriété à son fils aîné près d'Amboise. Il y avait des bois. Il a fait couper les bois. Il est allé jouer l'argent dans un club de baccara à Paris. Les bois ont été perdus en une nuit. Là où le souvenir ploie tout à coup, où mon frère peut-être me fait venir des larmes, c'est après la perte de l'argent de ces bois. Ce que je sais c'est qu'on le retrouve couché dans son automobile, à Montparnasse, devant la Coupole, qu'il veut mourir. Après, je ne sais plus. Ce qu'elle avait fait, elle, de son château est proprement inimaginable, cela toujours pour le fils aîné qui ne sait pas, lui, l'enfant de cinquante ans, gagner de l'argent. Elle achète des couveuses électriques, elle les installe dans le grand salon du bas. Elle a six cents poussins d'un coup, quarante mètres carrés de poussins. Elle s'était trompée dans le maniement des infra-rouges, aucun poussin ne réussit à s'alimenter. Les six cents poussins ont le bec qui ne coïncide pas, qui ne ferme pas, ils crèvent tous de faim, elle ne recommencera plus. Je suis venue au château pendant l'éclosion des poussins, c'était la fête. Ensuite, la puanteur des poussins morts et celle de leur nourriture est telle que je ne peux plus manger dans le château de ma mère sans vomir.

Elle est morte entre Dô et celui qu'elle appelle son enfant dans sa grande chambre du premier étage, celle où elle mettait des moutons à dormir, quatre à six moutons autour de son lit aux périodes de gel, pendant plusieurs hivers, les derniers.

C'est là, dans la dernière maison, celle de la Loire, quand elle en aura terminé avec son va-et-vient incessant, à la fin des choses de cette famille, c'est là que je vois clairement la folie pour la première fois. Je vois que ma mère est clairement folle. Je vois que Dô et mon frère ont toujours eu accès à cette folie. Que moi, non, je ne l'avais jamais encore vue. Que je n'avais jamais vu ma mère dans le cas d'être folle. Elle l'était. De naissance. Dans le sang. Elle n'était pas malade de sa folie, elle la vivait comme la santé. Entre Dô et le fils aîné. Personne d'autre qu'eux n'en avait l'entendement. Elle avait toujours eu beaucoup d'amis, elle gardait les mêmes pendant de longues années et elle s'en était toujours fait de nouveaux, souvent très jeunes, chez les arrivants des postes de brousse, ou plus tard chez les gens de la Touraine parmi lesquels il y avait des retraités des colonies françaises. Elle retenait les gens auprès d'elle, et cela à tout âge, à cause de son intelligence, disaient-ils, si vive, de sa gaieté, de ce naturel incomparable qui jamais ne lassait.

Je ne sais pas qui avait pris la photo du désespoir. Celle de la cour de la maison de Hanoi. Peut-être mon père une dernière fois. Dans quelques mois il sera rapatrié en France pour raison de santé. Avant, il changera de poste, il sera nommé à Pnom-Penh. Il y restera quelques semaines. Il mourra dans moins d'un an. Ma mère aura refusé de le suivre en France, elle sera restée là où elle était, arrêtée là. À Pnom-Penh. Dans cette résidence admirable qui donne sur le Mékong, l'ancien palais du roi du Cambodge, au milieu de ce parc effrayant, des hectares, où ma mère a peur. La nuit elle nous fait peur. Nous dormons tous les quatre dans un même lit. Elle dit qu'elle a peur de la nuit. C'est dans cette résidence que ma mère apprendra la mort de mon père. Elle l'apprendra avant l'arrivée du télégramme, dès la veille, à un signe qu'elle était seule à avoir vu et à savoir entendre, à cet oiseau qui en pleine nuit avait appelé, affolé, perdu dans le bureau de la face nord du palais, celui de mon père. C'est aussi là, à quelques jours de la mort de son mari, en pleine nuit aussi, que ma mère s'est trouvée face à l'image de son père, de son père à elle. Elle allume. Il est là. Il se tient près de la table, debout, dans le grand salon octogonal du palais. Il la regarde. Je me souviens d'un hurlement, d'un appel. Elle nous a réveillés, elle nous a raconté l'histoire, comment il était habillé, dans son costume du dimanche, gris, comment il se tenait, et son regard, droit sur elle. Elle dit : je l'ai appelé comme quand j'étais petite. Elle dit : je n'ai pas eu peur. Elle a couru vers l'image disparue. Les deux étaient morts aux dates et aux heures des oiseaux, des images. De là sans doute l'admiration que nous avions pour le savoir de notre mère, en toutes choses, y compris celles de la mort.

L'homme élégant est descendu de la limousine, il fume une cigarette anglaise. Il regarde la jeune fille au feutre d'homme et aux chaussures d'or. Il vient vers elle lentement. C'est visible, il est intimidé. Il ne sourit pas tout d'abord. Tout d'abord il lui offre une cigarette. Sa main tremble. Il y a cette différence de race, il n'est pas blanc, il doit la surmonter, c'est pourquoi il tremble. Elle lui dit qu'elle ne fume pas, non merci. Elle ne dit rien d'autre, elle ne lui dit pas laissez-moi tranquille. Alors il a moins peur. Alors il lui dit qu'il croit rêver. Elle ne répond pas. Ce n'est pas la peine qu'elle réponde, que répondrait-elle. Elle attend. Alors il le lui demande : mais d'où venez-vous ? Elle dit qu'elle est la fille de l'institutrice de l'école de filles de Sadec. Il réfléchit et puis il dit qu'il a entendu parler de cette dame, sa mère, de son manque de chance avec cette concession qu'elle aurait achetée au Cambodge, c'est bien ça n'est-ce pas ? Oui c'est ça.

Il répète que c'est tout à fait extraordinaire de la voir sur ce bac. Si tôt le matin, une jeune fille belle comme elle l'est, vous ne vous rendez pas compte, c'est très inattendu, une jeune fille blanche dans un car indigène.

Il lui dit que le chapeau lui va bien, très bien même, que c'est... original... un chapeau d'homme, pourquoi pas ? elle est si jolie, elle peut tout se permettre.

Elle le regarde. Elle lui demande qui il est. Il dit qu'il revient de Paris où il a fait ses études, qu'il habite Sadec lui aussi, justement sur le fleuve, la grande maison avec les grandes terrasses aux balustrades de céramique bleue. Elle lui demande ce qu'il est. Il dit qu'il est chinois, que sa famille vient de la Chine du Nord, de Fou-Chouen. Voulez-vous me permettre de vous ramener chez vous à Saigon ? Elle est d'accord. Il dit au chauffeur de prendre les bagages de la jeune fille dans le car et de les mettre dans l'auto noire.

Chinois. Il est de cette minorité financière d'origine chinoise qui tient tout l'immobilier populaire de la colonie. Il est celui qui passait le Mékong ce jour-là en direction de Saigon.

Elle entre dans l'auto noire. La portière se referme. Une détresse à peine ressentie se produit tout à coup, une fatigue, la lumière sur le fleuve qui se ternit, mais à peine. Une surdité très légère aussi, un brouillard, partout.

Je ne ferai plus jamais le voyage en car pour indigènes. Dorénavant, j'aurai une limousine pour aller au lycée et me ramener à la pension. Je dînerai dans les endroits les plus élégants de la ville. Et je serai toujours là à regretter tout ce que je fais, tout ce que je laisse, tout ce que je prends, le bon comme le mauvais, le car, le chauffeur du car avec qui je riais, les vieilles chiqueuses de bétel des places arrière, les enfants sur les porte-bagages, la famille de Sadec, l'horreur de la famille de Sadec, son silence génial.

Il parlait. Il disait qu'il s'ennuyait de Paris, des adorables Parisiennes, des noces, des bombes, ah là là, de la Coupole, de la Rotonde, moi la Rotonde je préfère, des boîtes de nuit, de cette existence « épatante » qu'il avait menée pendant deux ans. Elle écoutait, attentive aux renseignements de son discours qui débouchaient sur la richesse, qui auraient pu donner une indication sur le montant des millions. Il continuait à raconter. Sa mère à lui était morte, il était enfant unique. Seul lui restait le père détenteur de l'argent. Mais vous savez ce que c'est, il est rivé à sa pipe d'opium face au fleuve depuis dix ans, il gère sa fortune depuis son lit de camp. Elle dit qu'elle voit.
Il refusera le mariage de son fils avec la petite prostituée blanche du poste de Sadec.

L'image commence bien avant qu'il ait abordé l'enfant blanche près du bastingage, au moment où il est descendu de la limousine noire, quand il a commencé à s'approcher d'elle, et qu'elle, elle le savait, savait qu'il avait peur.
Dès le premier instant elle sait quelque chose comme ça, à savoir qu'il est à sa merci. Donc que d'autres que lui pourraient être aussi à sa merci si l'occasion se présentait. Elle sait aussi quelque chose d'autre, que dorénavant le temps est sans doute arrivé où elle ne peut plus échapper à certaines obligations qu'elle a envers elle-même. Et que de cela la mère ne doit rien apprendre, ni les frères, elle le sait aussi ce

jour-là. Dès qu'elle a pénétré dans l'auto noire, elle l'a su, elle est à l'écart de cette famille pour la première fois et pour toujours. Désormais ils ne doivent plus savoir ce qu'il adviendra d'elle. Qu'on la leur prenne, qu'on la leur emporte, qu'on la leur blesse, qu'on la leur gâche, ils ne doivent plus le savoir. Ni la mère, ni les frères. Ce sera désormais leur sort. C'est déjà à en pleurer dans la limousine noire.

L'enfant maintenant aura à faire avec cet homme-là, le premier, celui qui s'est présenté sur le bac.

C'est arrivé très vite ce jour-là, un jeudi. Il est venu tous les jours la chercher au lycée pour la ramener à la pension. Et puis une fois il est venu un jeudi après-midi à la pension. Il l'a emmenée dans l'automobile noire.

C'est à Cholen. C'est à l'opposé des boulevards qui relient la ville chinoise au centre de Saigon, ces grandes voies à l'américaine sillonnées par les tramways, les pousse-pousse, les cars. C'est tôt dans l'après-midi. Elle a échappé à la promenade obligatoire des jeunes filles du pensionnat.

C'est un compartiment au sud de la ville. L'endroit est moderne, meublé à la va-vite dirait-on, avec des meubles de principe modern style. Il dit : je n'ai pas choisi les meubles. Il fait sombre dans le studio, elle ne demande pas qu'il ouvre les persiennes. Elle est sans sentiment très défini, sans haine, sans répugnance non plus, alors est-ce sans doute là déjà du désir. Elle en est ignorante. Elle a consenti à venir dès qu'il le lui a demandé la veille au soir. Elle est là où il faut qu'elle soit, déplacée là. Elle éprouve une légère peur. Il semblerait en effet que cela doive correspondre non seulement à ce qu'elle attend, mais à ce qui devrait arriver précisément dans son cas à elle. Elle est très attentive à l'extérieur des choses, à la lumière, au vacarme de la ville dans laquelle la chambre est immergée. Lui, il tremble. Il la regarde tout d'abord comme s'il attendait qu'elle parle, mais elle ne parle pas. Alors il ne bouge pas non plus, il ne la déshabille pas, il dit qu'il l'aime comme un fou, il le dit tout bas. Puis il se tait. Elle ne lui répond pas. Elle pourrait répondre qu'elle ne l'aime pas. Elle ne dit rien. Tout à coup elle sait, là, à l'instant, elle sait qu'il ne la connaît pas, qu'il ne la connaîtra jamais, qu'il n'a pas les moyens de connaître tant de perversité. Et de faire tant et tant de détours pour l'attraper, lui il ne pourra jamais. C'est à elle à savoir. Elle sait. À partir de son ignorance à lui, elle sait tout à coup : il lui plaisait déjà sur le bac. Il lui plaît, la chose ne dépendait que d'elle seule.

Elle lui dit : je préférerais que vous ne m'aimiez pas. Même si vous m'aimez je voudrais que vous fassiez comme d'habitude avec les femmes. Il la regarde comme épouvanté, il demande : c'est ce que vous voulez ? Elle dit que oui. Il a commencé à souffrir là, dans la chambre, pour la première fois, il ne ment plus sur ce point. Il lui dit que déjà il sait qu'elle ne l'aimera jamais. Elle le laisse dire. D'abord elle dit qu'elle ne sait pas. Puis elle le laisse dire.

Il dit qu'il est seul, atrocement seul avec cet amour qu'il a pour elle. Elle lui dit qu'elle aussi elle est seule. Elle ne dit pas avec quoi. Il dit : vous m'avez suivi jusqu'ici comme vous auriez suivi n'importe qui. Elle répond qu'elle ne peut pas savoir, qu'elle n'a encore jamais suivi personne dans une chambre. Elle lui dit qu'elle ne veut pas qu'il lui parle, que ce qu'elle veut c'est qu'il fasse comme d'habitude il fait avec les femmes qu'il emmène dans sa garçonnière. Elle le supplie de faire de cette façon-là.

Il a arraché la robe, il la jette, il a arraché le petit slip de coton blanc et il la porte ainsi nue jusqu'au lit. Et alors il se tourne de l'autre côté du lit et il pleure. Et elle, lente, patiente, elle le ramène vers elle et elle commence à le déshabiller. Les yeux fermés, elle le fait. Lentement. Il veut faire des gestes pour l'aider. Elle lui demande de ne pas bouger. Laisse-moi. Elle dit qu'elle veut le faire elle. Elle le fait. Elle le déshabille. Quand elle le lui demande il déplace son corps dans le lit, mais à peine, avec légèreté, comme pour ne pas la réveiller.

La peau est d'une somptueuse douceur. Le corps. Le corps est maigre, sans force, sans muscles, il pourrait avoir été malade, être en convalescence, il est imberbe, sans virilité autre que celle du sexe, il est très faible, il paraît être à la merci d'une insulte, souffrant. Elle ne le regarde pas au visage. Elle ne le regarde pas. Elle le touche. Elle touche la douceur du sexe, de la peau, elle caresse la couleur dorée, l'inconnue nouveauté. Il gémit, il pleure. Il est dans un amour abominable.

Et pleurant il le fait. D'abord il y a la douleur. Et puis après cette douleur est prise à son tour, elle est changée, lentement arrachée, emportée vers la jouissance, embrassée à elle.

La mer, sans forme, simplement incomparable.

Déjà, sur le bac, avant son heure, l'image aurait participé de cet instant.

L'image de la femme aux bas reprisés a traversé la chambre. Elle apparaît enfin comme l'enfant. Les fils le savaient déjà. La fille, pas encore. Ils ne parleront jamais de la mère ensemble, de cette connaissance qu'ils ont et qui les sépare d'elle, de cette connaissance décisive, dernière, celle de l'enfance de la mère.

La mère n'a pas connu la jouissance.

Je ne savais pas que l'on saignait. Il me demande si j'ai eu mal, je dis non, il dit qu'il en est heureux.

Il essuie le sang, il me lave. Je le regarde faire. Insensiblement il revient, il redevient désirable. Je me demande comment j'ai eu la force d'aller à l'encontre de l'interdit posé par ma mère. Avec ce calme, cette détermination. Comment je suis arrivée à aller « jusqu'au bout de l'idée ».

Nous nous regardons. Il embrasse mon corps. Il me demande pourquoi je suis venue. Je dis que je devais le faire, que c'en était comme d'une obligation. C'est la première fois que nous parlons. Je lui parle de l'existence de mes deux frères. Je dis que nous n'avons pas d'argent. Plus rien. Il connaît ce frère aîné, il l'a rencontré dans les fumeries du poste. Je dis que ce frère vole ma mère pour aller fumer, qu'il vole les domestiques, et que parfois les tenanciers des fumeries viennent réclamer de l'argent à ma mère. Je lui parle des barrages. Je dis que ma mère va mourir, que cela ne peut plus durer. Que la mort très proche de ma mère doit être aussi en corrélation avec ce qui m'est arrivé aujourd'hui.

Je m'aperçois que je le désire.

Il me plaint, je lui dis que non, que je ne suis pas à plaindre, que personne ne l'est, sauf ma mère. Il me dit : tu es venue parce que j'ai de l'argent. Je dis que je le désire ainsi avec son argent, que lorsque je l'ai vu il était déjà dans cette auto, dans cet argent, et que je ne peux donc pas savoir ce que j'aurais fait s'il en avait été autrement. Il dit : je voudrais t'emmener, partir avec toi. Je dis que je ne pourrais pas encore quitter ma mère sans en mourir de peine. Il dit que décidément il n'a pas eu de chance avec moi, mais qu'il me donnera quand même de l'argent, de ne pas m'inquiéter. Il s'est allongé de nouveau. De nouveau nous nous taisons.

Le bruit de la ville est très fort, dans le souvenir il est le son d'un film mis trop haut, qui assourdit. Je me souviens bien, la chambre est sombre, on ne parle pas, elle est entourée du vacarme continu de la ville, embarquée dans la ville, dans le train de la ville. Il n'y a pas de vitres aux fenêtres, il y a des stores et des persiennes. Sur les stores on voit les ombres des gens qui passent dans le soleil des trottoirs. Ces foules sont toujours énormes. Les ombres sont régulièrement striées par les raies des persiennes. Les claquements des sabots de bois cognent la tête, les voix sont stridentes, le chinois est une langue qui se crie comme j'imagine toujours les langues des déserts, c'est une langue incroyablement étrangère.

C'est la fin du jour dehors, on le sait au bruit des voix et à celui des passages de plus en plus nombreux, de plus en plus mêlés. C'est une ville de plaisir qui bat son plein la nuit. Et la nuit commence maintenant avec le coucher du soleil.

Le lit est séparé de la ville par ces persiennes à claire-voie, ce store de coton. Aucun matériau dur ne nous sépare des autres gens. Eux, ils ignorent notre existence. Nous, nous percevons quelque chose de la lueur, le total de leurs voix, de leurs mouvements, comme une sirène qui lancerait une clameur brisée, triste, sans écho.

Des odeurs de caramel arrivent dans la chambre, celle des cacahuètes grillées, des soupes chinoises, des viandes rôties, des herbes, du jasmin, de la poussière, de l'encens, du feu de charbon de bois, le feu se transporte ici dans des paniers, il se vend dans les rues, l'odeur de la ville est celle des villages de la brousse, de la forêt.

Je l'ai vu tout à coup dans un peignoir noir. Il était assis, il buvait un whisky, il fumait.

Il m'a dit que j'avais dormi, qu'il avait pris une douche. J'avais à peine senti le sommeil venir. Il a allumé une lampe sur une table basse.

C'est un homme qui a des habitudes, je pense à lui tout à coup, il doit venir relativement souvent dans cette chambre, c'est un homme qui doit faire beaucoup l'amour, c'est un homme qui a peur, il doit faire beaucoup l'amour pour lutter contre la peur. Je lui dis que j'aime l'idée qu'il ait beaucoup de femmes, celle d'être parmi ces femmes, confondue. On se regarde. Il comprend ce que je viens de dire. Le regard altéré tout à coup, faux, pris dans le mal, la mort.

Je lui dis de venir, qu'il doit recommencer à me prendre. Il vient. Il sent bon la cigarette anglaise, le parfum cher, il sent le miel, à force sa peau a pris l'odeur de la soie, celle fruitée du tussor de soie, celle de l'or, il est désirable. Je lui dis ce désir de lui. Il me dit d'attendre encore. Il me parle, il dit qu'il a su tout de suite, dès la traversée du fleuve, que je serais ainsi après mon premier amant, que j'aimerais l'amour, il dit qu'il sait déjà que lui je le tromperai et aussi que je tromperai tous les hommes avec qui je serai. Il dit que quant à lui il a été l'instrument de son propre malheur. Je suis heureuse de tout ce qu'il m'annonce et je le lui dis. Il devient brutal, son sentiment est désespéré, il se jette sur moi, il mange les seins d'enfant, il crie, il insulte. Je ferme les yeux sur le plaisir très fort. Je pense : il a l'habitude, c'est ce qu'il fait dans la vie, l'amour, seulement ça. Les mains sont expertes, merveilleuses, parfaites. J'ai beaucoup de chance, c'est clair, c'est comme un métier qu'il aurait, sans le savoir il aurait le savoir exact de ce qu'il faut faire, de ce qu'il faut dire. Il me traite de putain, de dégueulasse, il me dit que je suis son seul amour, et c'est ça qu'il doit dire et c'est ça qu'on dit quand on laisse le dire se faire, quand on laisse le corps faire et chercher et trouver et prendre ce qu'il veut, et là tout est bon, il n'y a pas de déchet, les déchets sont recouverts, tout va dans le torrent, dans la force du désir.

Le bruit de la ville est si proche, si près, qu'on entend son frottement contre le bois des persiennes. On entend comme s'ils traversaient la chambre. Je caresse son corps dans ce bruit, ce passage. La mer, l'immensité qui se regroupe, s'éloigne, revient.

Je lui avais demandé de le faire encore et encore. De me faire ça. Il l'avait fait. Il l'avait fait dans l'onctuosité du sang. Et cela en effet avait été à mourir. Et cela a été à en mourir.

Il a allumé une cigarette et il me l'a donnée. Et tout bas contre ma bouche il m'a parlé.

Je lui ai parlé moi aussi tout bas.

Parce qu'il ne sait pas pour lui, je le dis pour lui, à sa place, parce qu'il ne sait pas qu'il porte en lui une élégance cardinale, je le dis pour lui.

C'est le soir qui vient maintenant. Il me dit que je me souviendrais toute ma vie de cet après-midi, même lorsque j'aurais oublié jusqu'à son visage, son nom. Je demande si je me souviendrais de la maison. Il me dit : regarde-la bien. Je la regarde. Je dis que c'est comme partout. Il me dit que c'est ça, oui, comme toujours.

Je revois encore le visage, et je me souviens du nom. Je vois encore les murs blanchis, le store de toile qui donne sur la fournaise, l'autre porte en arcade qui mène à l'autre chambre et à un jardin à ciel ouvert — les plantes sont mortes de chaleur — entouré de balustrades bleues comme la grande villa de Sadec étagée de terrasses qui donne sur le Mékong.

C'est un lieu de détresse, naufragé. Il me demande de lui dire à quoi je pense. Je dis que je pense à ma mère, qu'elle me tuera si elle apprend la vérité. Je vois qu'il fait un effort et puis il le dit, il dit qu'il comprend ce que veut dire ma mère, il dit : ce déshonneur. Il dit que lui ne pourrait pas en supporter l'idée dans le cas du mariage. Je le regarde. Il me regarde à son tour, il s'excuse avec fierté. Il dit : je suis un Chinois. On se sourit. Je lui demande si c'est habituel d'être triste comme nous le sommes. Il dit que c'est parce qu'on a fait l'amour pendant le jour, au moment de la culminance de la chaleur. Il dit que c'est toujours terrible après. Il sourit. Il dit : que l'on s'aime ou que l'on ne s'aime pas, c'est toujours terrible. Il dit que cela passera avec la nuit, aussitôt qu'elle arrivera. Je lui dis que ce n'est pas seulement parce que c'était pendant le jour, qu'il se trompe, que je suis dans une tristesse que j'attendais et qui ne vient que de moi. Que toujours j'ai été triste. Que je vois cette tristesse aussi sur les photos où je suis toute petite. Qu'aujourd'hui cette tristesse, tout en la reconnaissant comme étant celle que j'ai toujours eue, je pourrais presque lui donner mon nom tellement elle me ressemble. Aujourd'hui je lui dis que c'est un bien-être cette tristesse, celui d'être enfin tombée dans un malheur que ma mère m'annonce depuis toujours quand elle hurle dans le désert de sa vie. Je lui dis : je ne comprends pas très bien ce qu'elle dit mais je sais que cette chambre est ce que j'attendais. Je parle sans attendre de réponse. Je lui dis que ma mère crie ce qu'elle croit comme les envoyés de Dieu. Elle crie qu'il ne faut rien attendre, jamais, ni d'une quelconque personne, ni d'un quelconque État, ni d'un quelconque Dieu. Il me regarde parler, il ne me quitte pas des yeux, il regarde ma bouche quand je parle, je suis nue, il me caresse, il n'écoute peut-être pas, je ne sais pas. Je dis que je ne fais pas du malheur dans lequel je me trouve une question personnelle. Je lui raconte comme c'était simplement si difficile de manger, de s'habiller, de vivre en somme, rien qu'avec le salaire de ma mère. J'ai de plus en plus de mal à parler. Il dit : comment faisiez-vous ? Je lui dis qu'on était dehors, que la misère avait fait s'écrouler les murs de la famille et qu'on s'était tous retrouvés en dehors de la maison, à faire chacun ce qu'on voulait faire. Dévergondés on était. C'est comme ça que je suis ici avec toi. Il est sur moi, il s'engouffre encore. Nous restons ainsi, cloués, à gémir dans la clameur de la ville encore extérieure. Nous l'entendons encore. Et puis nous ne l'entendons plus.

Les baisers sur le corps font pleurer. On dirait qu'ils consolent. Dans la famille je ne pleure pas. Ce jour-là dans cette chambre les larmes consolent du passé et de l'avenir aussi. Je lui dis que de ma mère une fois je me séparerai, que même pour ma mère une fois je n'aurai plus d'amour. Je pleure. Il met sa tête sur moi et il pleure de me voir pleurer. Je lui dis que dans mon enfance le malheur de ma mère a occupé le lieu du rêve. Que le rêve c'était ma mère et jamais les arbres de Noël, toujours elle seulement, qu'elle soit la mère écorchée vive de la misère ou qu'elle soit celle dans tous ses états qui parle dans le désert, qu'elle soit celle qui cherche la nourriture ou celle qui interminablement raconte ce qui est arrivé à elle, Marie Legrand de Roubaix, elle parle de son innocence, de ses économies, de son espoir.

À travers les persiennes le soir est arrivé. Le vacarme a augmenté. Il est plus éclatant, moins sourd. Les lampadaires aux ampoules rougeoyantes se sont allumés.

Nous sommes sortis de la garçonnière. J'ai remis le chapeau d'homme au ruban noir, les souliers d'or, le rouge sombre des lèvres, la robe de soie. J'ai vieilli. Je le sais tout à coup. Il le voit, il dit : tu es fatiguée.

Sur le trottoir, la cohue, elle va dans tous les sens, lente ou vive, elle se fraye des passages, elle est galeuse comme les chiens abandonnés, elle est aveugle comme les mendiants, c'est une foule de la Chine, je la revois encore dans les images de la prospérité de maintenant, dans la façon qu'ils ont de marcher ensemble sans jamais d'impatience, de se trouver dans les cohues comme seul, sans bonheur dirait-on, sans tristesse, sans curiosité, en marchant sans avoir l'air d'aller, sans intention d'aller, mais seulement d'avancer ici plutôt que là, seuls et dans la foule, jamais seuls encore par eux-mêmes, toujours seuls dans la foule.

Nous allons dans un de ces restaurants chinois à étages, ils occupent des immeubles entiers, ils sont grands comme des grands magasins, des casernes, ils sont ouverts sur la ville par des balcons, des terrasses. Le bruit qui vient de ces immeubles est inconcevable en Europe, c'est celui des commandes hurlées par les serveurs et de même reprises et hurlées par les cuisines. Personne ne parle dans ces restaurants. Sur les terrasses il y a des orchestres chinois. Nous allons à l'étage le plus calme, celui des Européens, les menus sont les mêmes mais on crie moins. Il y a des ventilateurs et de lourdes tentures contre le bruit.

Je lui demande de me dire comment son père est riche, de quelle façon. Il dit que parler d'argent l'ennuie, mais que si j'y tiens il veut bien me dire ce qu'il sait de la fortune de son père. Tout a commencé à Cholen, avec les compartiments pour indigènes. Il en a fait construire trois cents. Plusieurs rues lui appartiennent. Il parle le français avec un accent parisien légèrement forcé, il parle de l'argent avec une désinvolture sincère. Le père avait des immeubles qu'il a vendus pour acheter des terrains à bâtir au sud de Cholen. Des rizières ont été vendues aussi, croit-il, à Sadec. Je lui pose des questions sur les épidémies. Je dis que j'ai vu des rues entières de compartiments interdites, du soir au lendemain, portes et fenêtres clouées, pour cause d'épidémie de peste. Il me dit qu'il y en a moins ici, que les dératisations sont beaucoup plus nombreuses que dans la brousse. Tout à coup il me fait un roman sur les compartiments. Leur coût est beaucoup moins élevé que celui des immeubles ou des demeures individuelles et ils répondent beaucoup mieux aux besoins des quartiers populaires que les habitations séparées. La population ici aime bien être ensemble, surtout cette population pauvre, elle vient de la campagne et elle aime bien vivre aussi dehors, dans la rue. Et il ne faut pas détruire les habitudes de pauvres. Son père vient justement de faire toute une série de compartiments à galeries couvertes qui donnent sur la rue. Ça fait les rues très claires, très avenantes. Les gens passent leurs journées dans ces galeries extérieures. Ils y dorment aussi quand il fait très chaud. Je lui dis que moi aussi j'aurais bien aimé habiter dans une galerie extérieure, que quand j'étais enfant cela m'apparaissait comme un idéal, être dehors pour dormir. J'ai mal tout à coup. C'est à peine, c'est très léger. C'est le battement du cœur déplacé là, dans la plaie vive et fraîche qu'il m'a faite, lui, celui qui me parle, celui qui a fait la jouissance de l'après-midi. Je n'entends plus ce qu'il dit, je n'écoute plus. Il le voit, il se tait. Je lui dis de parler encore. Il le fait. J'écoute à nouveau. Il dit qu'il pense beaucoup à Paris. Il trouve que je suis très différente des Parisiennes, beaucoup moins gentille. Je lui dis que cette affaire de compartiments ça ne doit pas être si rentable que ça. Il ne me répond plus.

Pendant tout le temps de notre histoire, pendant un an et demi nous parlerons de cette façon, nous ne parlerons jamais de nous. Dès les premiers jours, nous savons qu'un avenir commun n'est pas envisageable, alors nous ne parlerons jamais de l'avenir, nous tiendrons des propos comme journalistiques, et a contrario, et d'égale teneur.

Je lui dis que son séjour en France lui a été fatal. Il en convient. Il dit qu'il a tout acheté à Paris, ses femmes, ses connaissances, ses idées. Il a douze ans de plus que moi et cela lui fait peur. J'écoute comme il parle, comme il se trompe, comme il m'aime aussi, dans une sorte de théâtralité à la fois convenue et sincère.

Je lui dis que je vais le présenter à ma famille, il veut fuir et je ris.

Il ne peut exprimer ses sentiments qu'à travers la parodie. Je découvre qu'il n'a pas la force de m'aimer contre son père, de me prendre, de m'emmener. Il pleure souvent parce qu'il ne trouve pas la force d'aimer au-delà de la peur. Son héroïsme c'est moi, sa servilité c'est l'argent de son père.

Quand je parle de mes frères il tombe déjà dans cette peur, il est comme démasqué. Il croit que tout le monde autour de moi attend sa demande en mariage. Il sait qu'il est déjà perdu aux yeux de ma famille, que pour elle il ne peut que se perdre encore davantage et me perdre moi en conséquence.

Il dit qu'il est allé faire une école commerciale à Paris, il dit enfin la vérité, qu'il n'a rien fait et que son père lui a coupé les vivres, qu'il lui a envoyé son billet de retour, qu'il a été obligé de quitter la France. Ce retour, c'est sa tragédie. Il n'a pas fini cette école commerciale. Il dit qu'il compte la finir ici avec des cours par correspondance.

Les rencontres avec la famille ont commencé avec les grands repas à Cholen. Quand ma mère et mes frères viennent à Saigon, je lui dis qu'il faut les inviter dans les grands restaurants chinois qu'ils ne connaissent pas, là où ils ne sont jamais allés.

Ces soirées se passent toutes de la même façon. Mes frères dévorent et ne lui adressent jamais la parole. Ils ne le regardent pas non plus. Ils ne peuvent pas le regarder. Ils ne pourraient pas le faire. S'ils pouvaient faire ça, l'effort de le voir, ils seraient capables par ailleurs de faire des études, de se plier aux règles élémentaires de la vie en société. Pendant ces repas seule ma mère parle, elle parle très peu, les premiers temps surtout, elle fait quelques phrases sur les plats qu'on apporte, sur leur prix exorbitant, et puis elle se tait. Lui, les deux premières fois, il se jette à l'eau, il essaye d'aborder le récit de ses exploits à Paris, mais en vain. C'est comme s'il n'avait pas parlé, comme si on n'avait pas entendu. Sa tentative sombre dans le silence. Mes frères continuent à dévorer. Ils dévorent comme je n'ai jamais vu dévorer personne nulle part.

Il paye. Il compte l'argent. Il le pose dans la soucoupe. Tout le monde regarde. La première fois, je me souviens, il aligne soixante-dix-sept piastres. Ma mère est au bord du fou rire. On se lève pour partir. Pas de merci, de personne. On ne dit jamais merci pour le bon dîner, ni bonjour ni au revoir ni comment ça va, on ne se dit jamais rien.

Mes frères ne lui adresseront jamais la parole. C'est comme s'il n'était pas visible pour eux, comme s'il n'était pas assez dense pour être perçu, vu, entendu par eux. Cela parce qu'il est à mes pieds, qu'il est posé en principe que je ne l'aime pas, que je suis avec lui pour l'argent, que je ne peux pas l'aimer, que c'est impossible, qu'il pourrait tout supporter de moi sans être jamais au bout de cet amour. Cela, parce que c'est un Chinois, que ce n'est pas un Blanc. La façon qu'a ce frère aîné de se taire et d'ignorer l'existence de mon amant procède d'une telle conviction qu'elle en est exemplaire. Nous prenons tous modèle sur le frère aîné face à cet amant. Moi non plus, devant eux, je ne lui parle pas. En présence de ma famille, je dois ne jamais lui adresser la parole. Sauf, oui, quand je lui fais passer un message de leur part. Par exemple après le dîner, quand mes frères me disent qu'ils veulent aller boire et danser à la Source, c'est moi qui lui dis qu'on veut aller à la Source pour boire et danser. D'abord il fait comme s'il n'avait pas entendu. Et moi, je ne dois pas, dans la logique de mon frère aîné, je ne dois pas répéter ce que je viens de dire, réitérer ma demande, si je le faisais ce serait la faute, je condescendrais à sa plainte. Il finit par me répondre. À voix basse, qui se voudrait intime, il dit qu'il aimerait bien être seul avec moi pendant un moment. Il le dit pour mettre fin au supplice. Alors, je dois l'entendre encore mal, comme une traîtrise de plus, comme si par là il voulait accuser le coup, dénoncer la conduite de mon frère aîné à son égard, donc je ne dois toujours pas lui répondre. Lui, il continue encore, il me dit, il ose : votre mère est fatiguée, regardez-la. Notre mère en effet sombre de sommeil après les dîners fabuleux des Chinois de Cholen. Je ne réponds pas davantage. C'est alors que j'entends la voix de mon frère aîné, il dit une phrase très courte, cinglante, définitive. Ma mère disait de lui : des trois, c'est lui qui parle le mieux. Sa phrase dite, mon frère attend. Tout s'arrête ; je reconnais la peur de mon amant, c'est celle de mon petit frère. Il ne résiste plus. On va à la Source. Ma mère aussi va à la Source, elle va dormir à la Source.

En présence de mon frère aîné il cesse d'être mon amant. Il ne cesse pas d'exister mais il ne m'est plus rien. Il devient un endroit brûlé. Mon désir obéit à mon frère aîné, il rejette mon amant. Chaque fois qu'ils sont ensemble vus par moi je crois ne plus jamais pouvoir en supporter la vue. Mon amant est nié dans justement son corps faible, dans cette faiblesse qui me transporte de jouissance. Il devient devant mon frère un scandale inavouable, une raison d'avoir honte qu'il faut cacher. Je ne peux pas lutter contre ces ordres muets de mon frère. Je le peux quand il s'agit de mon petit frère. Quand il s'agit de mon amant je ne peux rien contre moi-même. D'en parler maintenant me fait retrouver l'hypocrisie du visage, de l'air distrait de quelqu'un qui regarde ailleurs, qui a autre chose à penser mais qui néanmoins, dans les mâchoires légèrement serrées on le voit, est exaspéré et souffre d'avoir à supporter ça, cette indignité, pour seulement manger bien, dans un restaurant cher, ce qui devrait être bien naturel. Autour du souvenir la clarté livide de la nuit du chasseur. Ça fait un son strident d'alerte, de cri d'enfant.

À la Source non plus, personne ne lui parle.

On commande tous des Martel Perrier. Mes frères boivent le leur tout de suite et ils en commandent un deuxième. Ma mère et moi on leur donne le nôtre. Mes frères sont très vite saouls. Ils ne lui parlent toujours pas pour autant, mais ils tombent dans la récrimination. Le petit frère surtout. Il se plaint que l'endroit soit triste et qu'il n'y ait pas d'entraîneuses. Il y a très peu de monde en semaine à la Source. Avec lui, mon petit frère, je danse. Avec mon amant aussi je danse. Je ne danse jamais avec mon frère aîné, je n'ai jamais dansé avec lui. Toujours empêchée par l'appréhension troublante d'un danger, celui de cet attrait maléfique qu'il exerce sur tous, celui du rapprochement de nos corps.

Nous nous ressemblons à un point très frappant, surtout le visage.

Le Chinois de Cholen me parle, il est au bord des larmes, il dit : qu'est-ce que je leur ai fait. Je lui dis qu'il ne faut pas qu'il s'inquiète, que c'est toujours ainsi, entre nous aussi, dans toutes les circonstances de la vie.

Je lui expliquerai lorsque nous nous retrouverons à la garçonnière. Je lui dis que cette violence de mon frère aîné, froide, insultante, elle accompagne tout ce qui nous arrive, tout ce qui vient à nous. Son premier mouvement c'est de tuer, de rayer de la vie, de disposer de la vie, de mépriser, de chasser, de faire souffrir. Je lui dis de ne pas avoir peur. Qu'il ne risque rien, lui. Parce que la seule personne que craint le frère aîné, devant qui curieusement il s'intimide, c'est moi.

Jamais bonjour, bonsoir, bonne année. Jamais merci. Jamais parler. Jamais besoin de parler. Tout reste, muet, loin. C'est une famille en pierre, pétrifiée dans une épaisseur sans accès aucun. Chaque jour nous essayons de nous tuer, de tuer. Non seulement on ne se parle pas mais on ne se regarde pas. Du moment qu'on est vu, on ne peut pas regarder. Regarder c'est avoir un mouvement de curiosité vers, envers, c'est déchoir. Aucune personne regardée ne vaut le regard sur elle. Il est toujours déshonorant. Le mot conversation est banni. Je crois que c'est celui qui dit ici le mieux la honte et l'orgueil. Toute communauté, qu'elle soit familiale ou autre, nous est haïssable, dégradante. Nous sommes ensemble dans une honte de principe d'avoir à vivre la vie. C'est là que nous sommes au plus profond de notre histoire commune, celle d'être tous les trois des enfants de cette personne de bonne foi, notre mère, que la société a assassinée. Nous sommes du côté de cette société qui a réduit ma mère au désespoir. À cause de ce qu'on a fait à notre mère si aimable, si confiante, nous haïssons la vie, nous nous haïssons.

Notre mère ne prévoyait pas ce que nous sommes devenus à partir du spectacle de son désespoir, je parle surtout des garçons, des fils. Mais, l'eût-elle prévu, comment aurait-elle pu taire ce qui était devenu son histoire même ? faire mentir son visage, son regard, sa voix ? son amour ? Elle aurait pu mourir. Se supprimer. Disperser la communauté invivable. Faire que l'aîné soit tout à fait séparé des deux plus jeunes. Elle ne l'a pas fait. Elle a été imprudente, elle a été inconséquente, irresponsable. Elle était tout cela. Elle a vécu. Nous l'avons aimée tous les trois au-delà de l'amour. À cause de cela même qu'elle n'aurait pas pu, qu'elle ne pouvait pas se taire, cacher, mentir, si différents que nous ayons été tous les trois, nous l'avons aimée de la même façon.

Ça a été long. Ça a duré sept ans. Ça a commencé nous avions dix ans. Et puis nous avons eu douze ans.

Et puis treize ans. Et puis quatorze ans, quinze ans. Et puis seize ans, dix-sept ans.

Ça a duré tout cet âge, sept ans. Et puis enfin l'espoir a été renoncé. Il a été abandonné. Abandonnées aussi les tentatives contre l'océan. À l'ombre de la verandah nous regardons la montagne de Siam, très sombre dans le plein soleil, presque noire. La mère est enfin calme, murée. Nous sommes des enfants héroïques, désespérés.

Le petit frère est mort en décembre 1942 sous l'occupation japonaise. J'avais quitté Saigon après mon deuxième baccalauréat en 1931. Il m'a écrit une seule fois en dix ans. Sans que je sache jamais pourquoi. La lettre était convenue, recopiée, sans fautes, calligraphiée. Il me disait qu'ils allaient bien, que l'école marchait. C'était une longue lettre de deux pages pleines. J'ai reconnu son écriture d'enfant. Il me disait aussi qu'il avait un appartement, une auto, il disait la marque. Qu'il avait repris le tennis. Qu'il était bien, que tout était bien. Qu'il m'embrassait comme il m'aimait, très fort. Il ne parlait pas de la guerre ni de notre frère aîné.

Je parle souvent de mes frères comme d'un ensemble, comme elle le faisait elle, notre mère. Je dis : mes frères, elle aussi au-dehors de la famille elle disait : mes fils. Elle a toujours parlé de la force de ses fils de façon insultante. Pour le dehors, elle ne détaillait pas, elle ne disait pas que le fils aîné était beaucoup plus fort que le second, elle disait qu'il était aussi fort que ses frères, les cultivateurs du Nord. Elle était fière de la force de ses fils comme elle l'avait été de celle de ses frères. Comme son fils aîné elle dédaignait les faibles. De mon amant de Cholen elle disait comme le frère aîné. Je n'écris pas ces mots. C'étaient des mots qui avaient trait aux charognes que l'on trouve dans les déserts. Je dis : mes frères, parce que c'était ainsi que je disais moi aussi. C'est après que j'ai dit autrement, quand le petit frère a grandi et qu'il est devenu martyr.

Non seulement aucune fête n'est célébrée dans notre famille, pas d'arbre de Noël, aucun mouchoir brodé, aucune fleur jamais. Mais aucun mort non plus, aucune sépulture, aucune mémoire. Elle seule. Le frère aîné restera un assassin. Le petit frère mourra de ce frère. Moi je suis partie, je me suis arrachée. Jusqu'à sa mort le frère aîné l'a eue pour lui seul.

À cette époque-là, de Cholen, de l'image, de l'amant, ma mère a un sursaut de folie. Elle ne sait rien de ce qui est arrivé à Cholen. Mais je vois qu'elle m'observe, qu'elle se doute de quelque chose. Elle connaît sa fille, cette enfant, il flotte autour de cette enfant, depuis quelque temps, un air d'étrangeté, une réserve, dirait-on, récente, qui retient l'attention, sa parole est plus lente encore que d'habitude, et elle si curieuse de tout elle est distraite, son regard a changé, elle est devenue spectatrice de sa mère même, du malheur de sa mère, on dirait qu'elle assiste à son événement. L'épouvante soudaine dans la vie de ma mère. Sa fille court le plus grand danger, celui de ne jamais se marier, de ne jamais s'établir dans la société, d'être démunie devant celle-ci, perdue, solitaire. Dans des crises ma mère se jette sur moi, elle m'enferme dans la chambre, elle me bat à coups de poing, elle me gifle, elle me déshabille, elle s'approche de moi, elle sent mon corps, mon linge, elle dit qu'elle trouve le parfum de l'homme chinois, elle va plus avant, elle regarde s'il y a des taches suspectes sur le linge et elle hurle, la ville à l'entendre, que sa fille est une prostituée, qu'elle va la jeter dehors, qu'elle désire la voir crever et que personne ne voudra plus d'elle, qu'elle est déshonorée, une chienne vaut davantage. Et elle pleure en demandant ce qu'elle peut faire avec ça, sinon la sortir de la maison pour qu'elle n'empuantisse plus les lieux.

Derrière les murs de la chambre fermée, le frère.

Le frère répond à la mère, il lui dit qu'elle a raison de battre l'enfant, sa voix est feutrée, intime, caressante, il lui dit qu'il leur faut savoir la vérité, à n'importe quel prix, il leur faut la savoir pour empêcher que cette petite fille ne se perde, pour empêcher que la mère en soit désespérée. La mère frappe de toutes ses forces. Le petit frère crie à la mère de la laisser tranquille. Il va dans le jardin, il se cache, il a peur que je sois tuée, il a peur, il a toujours peur de cet inconnu, notre frère aîné. La peur du petit frère calme ma mère. Elle pleure sur le désastre de sa vie, de son enfant déshonorée. Je pleure avec elle. Je mens. Je jure sur ma vie que rien ne m'est arrivé, rien même pas un baiser. Comment veux-tu, je dis, avec un Chinois, comment veux-tu que je fasse ça avec un Chinois, si laid, si malingre ? Je sais que le frère aîné est rivé à la porte, il écoute, il sait ce que fait ma mère, il sait que la petite est nue, et frappée, il voudrait que ça dure encore et encore jusqu'au danger. Ma mère n'ignore pas ce dessein de mon frère aîné, obscur, terrifiant.

Nous sommes encore très petits. Régulièrement des batailles éclatent entre mes frères, sans prétexte apparent, sauf celui classique du frère aîné, qui dit au petit : sors de là, tu gênes. Aussitôt dit il frappe. Ils se battent sans un mot, on entend seulement leurs souffles, leurs plaintes, le bruit sourd des coups. Ma mère comme en toutes circonstances accompagne la scène d'un opéra de cris.

Ils sont doués de la même faculté de colère, de ces colères noires, meurtrières, qu'on n'a jamais vues ailleurs que chez les frères, les sœurs, les mères. Le frère aîné souffre de ne pas faire librement le mal, de ne pas régenter le mal, pas seulement ici mais partout ailleurs. Le petit frère d'assister impuissant à cette horreur, cette disposition de son frère aîné.

Quand ils se battaient on avait une peur égale de la mort pour l'un et pour l'autre ; la mère disait qu'ils s'étaient toujours battus, qu'ils n'avaient jamais joué ensemble, jamais parlé ensemble. Que la seule chose qu'ils avaient en commun c'était elle leur mère et surtout cette petite sœur, rien d'autre que le sang.

Je crois que du seul enfant aîné ma mère disait : mon enfant. Elle l'appelait quelquefois de cette façon. Des deux autres elle disait : les plus jeunes.

De tout cela nous ne disions rien à l'extérieur, nous avions d'abord appris à nous taire sur le principal de notre vie, la misère. Et puis sur tout le reste aussi. Les premiers confidents, le mot paraît démesuré, ce sont nos amants, nos rencontres en dehors des postes, dans les rues de Saigon d'abord et puis dans les paquebots de ligne, les trains, et puis partout.

Ma mère, ça la prend tout à coup, vers la fin de l'après-midi, surtout à la saison sèche, elle fait laver la maison de fond en comble, pour nettoyer elle dit, pour assainir, rafraîchir. La maison est bâtie sur un terre-plein qui l'isole du jardin, des serpents, des scorpions, des fourmis rouges, des inondations du Mékong, de celles qui suivent les grandes tornades de la mousson. Cette élévation de la maison sur le sol permet de la laver à grands seaux d'eau, à la baigner tout entière comme un jardin. Toutes les chaises sont sur les tables, toute la maison ruisselle, le piano du petit salon a les pieds dans l'eau. L'eau descend par les perrons, envahit le préau vers les cuisines. Les petits boys sont très heureux, on est ensemble avec les petits boys, on s'asperge, et puis on savonne le sol avec du savon de Marseille. Tout le monde est pieds nus, la mère aussi. La mère rit. La mère n'a rien à dire contre rien. La maison tout entière embaume, elle a l'odeur délicieuse de la terre mouillée après l'orage, c'est une odeur qui rend fou de joie surtout quand elle est mélangée à l'autre odeur, celle du savon de Marseille, celle de la pureté, de l'honnêteté, celle du linge, celle de la blancheur, celle de notre mère, de l'immensité de la candeur de notre mère. L'eau descend jusque dans les allées. Les familles des boys viennent, les visiteurs des boys aussi, les enfants blancs des maisons voisines. La mère est très heureuse de ce désordre, la mère peut être très très heureuse quelquefois, le temps d'oublier, celui de laver la maison peut convenir pour le bonheur de la mère. La mère va dans le salon, elle se met au piano, elle joue les seuls airs qu'elle connaisse par cœur, qu'elle a appris à l'École normale. Elle chante. Quelquefois elle joue, elle rit. Elle se lève et elle danse tout en chantant. Et chacun pense et elle aussi la mère que l'on peut être heureux dans cette maison défigurée qui devient soudain un étang, un champ au bord d'une rivière, un gué, une plage.

Ce sont les deux plus jeunes enfants, la petite fille et le petit frère, qui les premiers se souviennent. Ils s'arrêtent de rire tout à coup et ils vont dans le jardin où le soir vient.

Je me souviens, à l'instant même où j'écris, que notre frère aîné n'était pas à Vinhlong quand on lavait la maison à grande eau. Il était chez notre tuteur, un prêtre de village, dans le Lot-et-Garonne.

À lui aussi il arrivait de rire parfois mais jamais autant qu'à nous. J'oublie tout, j'oublie de dire ça, qu'on était des enfants rieurs, mon petit frère et moi, rieurs à perdre le souffle, la vie.

Je vois la guerre sous les mêmes couleurs que mon enfance. Je confonds le temps de la guerre avec le règne de mon frère aîné. C'est aussi sans doute parce que c'est pendant la guerre que mon petit frère est mort : le cœur, comme j'ai dit déjà, qui avait cédé, laissé. Le frère aîné, je crois bien ne l'avoir jamais vu pendant la guerre. Déjà il ne m'importait plus de savoir s'il était vivant ou mort. Je vois la guerre comme lui était, partout se répandre, partout pénétrer, voler, emprisonner, partout être là, à tout mélangée, mêlée, présente dans le corps, dans la pensée, dans la veille, dans le sommeil, tout le temps, en proie à la passion saoulante d'occuper le territoire adorable du corps de l'enfant, du corps des moins forts, des peuples vaincus, cela parce que le mal est là, aux portes, contre la peau.

Nous retournons à la garçonnière. Nous sommes des amants. Nous ne pouvons pas nous arrêter d'aimer.

Parfois je ne rentre pas à la pension, je dors près de lui. Je ne veux pas dormir dans ses bras, dans sa chaleur, mais je dors dans la même chambre, dans le même lit. Quelquefois je manque le lycée. Nous allons manger dans la ville la nuit. Il me douche, il me lave, il me rince, il adore, il me farde et il m'habille, il m'adore. Je suis la préférée de sa vie. Il vit dans l'épouvante que je rencontre un autre homme. Moi je n'ai peur de rien de pareil jamais. Il éprouve une autre peur aussi, non parce que je suis blanche mais parce que je suis si jeune, si jeune qu'il pourrait aller en prison si on découvrait notre histoire. Il me dit de continuer à mentir à ma mère et surtout à mon frère aîné, de ne rien dire à personne. Je continue à mentir. Je ris de sa peur. Je lui dis qu'on est beaucoup trop pauvre pour que la mère puisse encore intenter un procès, que d'ailleurs tous les procès qu'elle a intentés elle les a perdus, ceux contre le cadastre, ceux contre les administrateurs, contre les gouverneurs, contre la loi, elle ne sait pas les faire, garder son calme, attendre, attendre encore, elle ne peut pas, elle crie et elle gâche ses chances. Celui-là ce serait pareil, pas la peine d'avoir peur.

Marie-Claude Carpenter. Elle était américaine, elle était, je crois me souvenir, de Boston. Les yeux étaient très clairs, gris-bleu. 1943. Marie-Claude Carpenter était blonde. Elle était à peine fanée. Plutôt belle je crois. Avec un sourire un peu bref qui se fermait très vite, disparaissait dans un éclair. Avec une voix qui tout à coup me revient, basse, un peu discordante dans les aigus. Elle avait quarante-cinq ans, l'âge déjà, l'âge même. Elle habitait le seizième, près de l'Alma. L'appartement faisait le dernier et vaste étage d'un immeuble qui donnerait sur la Seine. On allait dîner chez elle en hiver. Ou déjeuner, en été. Les repas étaient commandés chez les meilleurs traiteurs de Paris. Toujours décents, presque, mais à peine, insuffisants. On ne l'a jamais vue que chez elle, jamais au-dehors. Il y avait là, quelquefois, un mallarméen. Il y avait souvent aussi un ou deux ou trois littérateurs, ils venaient une fois et on ne les revoyait plus. Je n'ai jamais su où elle les trouvait, où elle avait fait leur connaissance ni pourquoi elle les invitait. Je n'ai jamais entendu parler d'aucun d'entre eux ni jamais lu ni entendu parler de leurs œuvres. Les repas duraient peu de temps. On parlait beaucoup de la guerre, c'était Stalingrad, c'était à la fin de l'hiver 42. Marie-Claude Carpenter écoutait beaucoup, elle s'informait beaucoup, elle parlait peu, souvent elle s'étonnait que tant d'événements lui échappent, elle riait. Très vite à la fin des repas elle s'excusait de devoir partir aussi rapidement mais elle avait à faire, disait-elle. Elle ne disait jamais quoi. Quand on était en nombre suffisant on restait là une heure ou deux après son départ. Elle nous disait : restez autant que vous voudrez. En son absence personne ne parlait d'elle. Je crois d'ailleurs que personne n'en aurait été capable parce que personne ne la connaissait. On partait, on rentrait avec toujours ce sentiment d'avoir traversé une sorte de cauchemar blanc, de revenir d'avoir passé quelques heures chez des inconnus, en présence d'invités qui étaient dans le même cas, et également inconnus, d'avoir vécu un moment sans lendemain aucun, sans aucune motivation ni humaine ni autre. C'en était comme d'avoir traversé une troisième frontière, d'avoir fait un voyage en train, d'avoir attendu dans les salles d'attente de médecins, dans des hôtels, des aéroports. En été on déjeunait sur une grande terrasse qui regardait la Seine et on prenait le café dans le jardin qui occupait tout le toit de l'immeuble. Il y avait une piscine. Personne ne se baignait. On regardait Paris. Les avenues vides, le fleuve, les rues. Dans les rues vides, les catalpas en fleurs. Marie-Claude Carpenter. Je la regardais beaucoup, presque tout le temps, elle en était gênée mais je ne pouvais pas m'empêcher. Je la regardais pour trouver, trouver qui c'était, Marie-Claude Carpenter. Pourquoi elle était là plutôt qu'ailleurs, pourquoi elle était aussi de si loin, de Boston, pourquoi elle était riche, pourquoi à ce point on ne savait rien d'elle, personne, rien, pourquoi ces réceptions comme forcées, pourquoi, pourquoi dans ses yeux, très loin dedans, au fond de la vue, cette particule de mort, pourquoi ? Marie-Claude Carpenter. Pourquoi toutes ses robes avaient en commun un je ne sais quoi qui échappait, qui faisait qu'elles n'étaient pas tout à fait les siennes, qu'elles auraient recouvert pareillement un autre corps. Des robes neutres, strictes, très claires, blanches comme l'été au cœur de l'hiver.

Betty Fernandez. Le souvenir des hommes ne se produit jamais dans cet éclairement illuminant qui accompagne celui des femmes. Betty Fernandez. Étrangère elle aussi. Aussitôt le nom prononcé, la voici, elle marche dans une rue de Paris, elle est myope, elle voit très peu, elle plisse les yeux pour reconnaître tout à fait, elle vous salue d'une main légère. Bonjour vous allez bien ? Morte depuis longtemps maintenant. Depuis trente ans peut-être. Je me souviens de la grâce, c'est trop tard maintenant pour que je l'oublie, rien n'en atteint encore la perfection, rien n'en atteindra jamais la perfection, ni les circonstances, ni l'époque, ni le froid, ni la faim, ni la défaite allemande, ni la mise en pleine lumière du Crime. Elle passe toujours la rue par-dessus l'Histoire de ces choses-là, si terribles soient-elles. Ici aussi les yeux sont clairs. La robe rose est ancienne, et poussiéreuse la capeline noire dans le soleil de la rue. Elle est mince, haute, dessinée à l'encre de Chine, une gravure. Les gens s'arrêtent et regardent émerveillés l'élégance de cette étrangère qui passe sans voir. Souveraine. On ne sait jamais d'emblée d'où elle vient. Et puis on se dit qu'elle ne peut venir que d'ailleurs, que de là. Elle est belle, belle de cette incidence. Elle est vêtue des vieilles nippes de l'Europe, du reste des brocarts, des vieux tailleurs démodés, des vieux rideaux, des vieux fonds, des vieux morceaux, des vieilles loques de haute couture, des vieux renards mités, des vieilles loutres, sa beauté est ainsi, déchirée, frileuse, sanglotante, et d'exil, rien ne lui va, tout est trop grand pour elle, et c'est beau, elle flotte, trop mince, elle ne tient dans rien, et cependant c'est beau. Elle est ainsi faite, dans la tête et dans le corps, que chaque chose qui la touche participe aussitôt, indéfectiblement, de cette beauté.

Elle recevait, Betty Fernandez, elle avait un « jour ». On y est allés quelquefois. Il y avait là, une fois, Drieu la Rochelle. Souffrait d'orgueil visiblement, parlait peu pour ne pas condescendre, d'une voix doublée, dans une langue comme traduite, malaisée. Peut-être y avait-il là Brasillach aussi mais je ne me souviens pas, je le regrette beaucoup. Il n'y avait jamais Sartre. Il y avait des poètes de Montparnasse mais je ne sais plus aucun nom, plus rien. Il n'y avait pas d'Allemands. On ne parlait pas de politique. On parlait de la littérature. Ramon Fernandez parlait de Balzac. On l'aurait écouté jusqu'à la fin des nuits. Il parlait avec un savoir presque tout à fait oublié dont il devait ne rester que presque rien de tout à fait vérifiable. Il donnait peu d'informations, plutôt des avis. Il parlait de Balzac comme il l'eût fait de lui-même, comme s'il eût essayé une fois d'être lui aussi cela, Balzac. Ramon Fernandez avait une civilité sublime jusque dans le savoir, une façon à la fois essentielle et transparente de se servir de la connaissance sans jamais en faire ressentir l'obligation, le poids. C'était quelqu'un de sincère. C'était toujours une fête de le rencontrer dans la rue, au café, il était heureux de vous voir, et c'était vrai, il vous saluait dans le plaisir. Bonjour vous allez bien? Cela, à l'anglaise, sans virgule, dans un rire et durant le temps de ce rire la plaisanterie devenait la guerre elle-même ainsi que toute souffrance obligée qui découlait d'elle, la Résistance comme la Collaboration, la faim comme le froid, le martyr comme l'infamie. Elle, ne parlait que des gens, Betty Fernandez, de ceux aperçus dans la rue ou de ceux qu'elle connaissait, de comment ils allaient, des choses qui restaient à vendre dans les vitrines, des distributions de suppléments de lait, de poisson, des solutions apaisantes aux manques, au froid, à la faim constante, elle était toujours dans le détail pratique de l'existence, elle se tenait là, toujours d'une amitié attentive, très fidèle et très tendre. Collaborateurs, les Fernandez. Et moi, deux ans après la guerre, membre du P.C.F. L'équivalence est absolue, définitive. C'est la même chose, la même pitié, le même appel au secours, la même débilité du jugement, la même superstition disons, qui consiste à croire à la solution politique du problème personnel. Elle aussi, Betty Fernandez, elle regardait les rues vides de l'occupation allemande, elle regardait Paris, les squares des catalpas en fleurs comme cette autre femme, Marie-Claude Carpenter. Avait de même ses jours de réception.

Il l'accompagne à la pension dans la limousine noire. Il s'arrête un peu avant l'entrée pour qu'on ne le voie pas. C'est la nuit. Elle descend, elle court, elle ne se retourne pas sur lui. Dès le portail passé elle voit que la grande cour de récréation est encore éclairée. Dès qu'elle débouche du couloir elle la voit, elle, qui l'attendait, déjà inquiète, droite, sans sourire aucun. Elle lui demande : où étais-tu ? Elle dit : je ne suis pas rentrée dormir. Elle ne dit pas pourquoi et Hélène Lagonelle ne le lui demande pas. Elle enlève le chapeau rose et défait ses nattes pour la nuit. Tu n'es pas allée au lycée non plus. Non plus. Hélène dit qu'ils ont téléphoné, c'est comme ça qu'elle le sait, qu'il lui faut aller voir la surveillante générale. Il y a beaucoup de jeunes filles dans l'ombre de la cour. Elles sont toutes en blanc. Il y a des grandes lampes dans les arbres. Certaines salles d'études sont encore éclairées. Il y a des élèves qui travaillent encore, d'autres qui restent dans les classes pour bavarder, ou jouer aux cartes, ou chanter. Il n'y a pas d'horaire pour le coucher des élèves, la chaleur est telle pendant le jour, on laisse courir le soir un peu comme on veut, comme les jeunes surveillantes veulent. Nous sommes les seules Blanches de la pension d'État. Il y a beaucoup de métisses, la plupart ont été abandonnées par leur père, soldat ou marin ou petit fonctionnaire des douanes, des postes, des travaux publics. La plupart viennent de l'Assistance publique. Il y a quelques quarteronnes aussi. Ce que croit Hélène Lagonelle c'est que le gouvernement français les élève pour en faire des infirmières dans les hôpitaux ou bien des surveillantes dans les orphelinats, les léproseries, les hôpitaux psychiatriques. Hélène Lagonelle croit qu'on les envoie aussi dans les lazarets de cholériques et de pestiférés. C'est ce que croit Hélène Lagonelle et elle pleure parce qu'elle ne veut d'aucun de ces postes-là, elle parle toujours de se sauver de la pension.

Je suis allée voir la surveillante de service, c'est une jeune femme métisse elle aussi qui nous regarde beaucoup Hélène et moi. Elle dit : vous n'êtes pas allée au lycée et vous n'avez pas dormi ici cette nuit, nous allons être obligés de prévenir votre mère. Je lui dis que je n'ai pas pu faire autrement mais qu'à partir de ce soir, dorénavant, j'essaierai de revenir chaque soir dormir à la pension, que ce n'est pas la peine de prévenir ma mère. La jeune surveillante me regarde et me sourit.

Je recommencerai. Ma mère sera prévenue. Elle viendra voir la directrice du pensionnat et elle lui demandera de me laisser libre le soir, de ne pas contrôler les heures auxquelles je rentre, de ne pas me forcer non plus à aller en promenade le dimanche avec les pensionnaires. Elle dit : c'est une enfant qui a toujours été libre, sans ça elle se sauverait, moi-même sa mère je ne peux rien contre ça, si je veux la garder je dois la laisser libre. La directrice a accepté parce que je suis blanche et que, pour la réputation du pensionnat, dans la masse des métisses il faut quelques Blanches. Ma mère a dit aussi que je travaillais bien au lycée tout en étant aussi libre et que ce qui lui était arrivé avec ses fils était si terrible, si grave, que les études de la petite c'était le seul espoir qui lui restait.

La directrice m'a laissée habiter le pensionnat comme un hôtel.

Bientôt j'aurai un diamant au doigt des fiançailles.

Alors les surveillantes ne me feront plus de remarques. On se doutera bien que je ne suis pas fiancée, mais le diamant vaut très cher, personne ne doutera qu'il est vrai et personne ne dira plus rien à cause de ce prix du diamant qu'on a donné à la très jeune fille.

Je reviens près d'Hélène Lagonelle. Elle est allongée sur un banc et elle pleure parce qu'elle croit que je vais quitter le pensionnat. Je m'assieds sur le banc. Je suis exténuée par la beauté du corps d'Hélène Lagonelle allongée contre le mien. Ce corps est sublime, libre sous la robe, à portée de la main. Les seins sont comme je n'en ai jamais vus. Je ne les ai jamais touchés. Elle est impudique, Hélène Lagonelle, elle ne se rend pas compte, elle se promène toute nue dans les dortoirs. Ce qu'il y a de plus beau de toutes les choses données par Dieu, c'est ce corps d'Hélène Lagonelle, incomparable, cet équilibre entre la stature et la façon dont le corps porte les seins, en dehors de lui, comme des choses séparées. Rien n'est plus extraordinaire que cette rotondité extérieure des seins portés, cette extériorité tendue vers les mains. Même le corps de petit coolie de mon petit frère disparaît face à cette splendeur. Les corps des hommes ont des formes avares, internées. Elle ne s'abîment pas non plus comme celles d'Hélène Lagonelle qui, elles, ne durent jamais, un été peut-être à bien compter, c'est tout. Elle vient des hauts plateaux de Dalat, Hélène Lagonelle. Son père est un fonctionnaire des postes. Elle est arrivée en pleine année scolaire il y a peu de temps. Elle a peur, elle se met à côté de vous, elle reste là à ne rien dire, souvent à pleurer.

Elle a le teint rose et brun de la montagne, on le reconnaît toujours ici où tous les enfants ont la pâleur verdâtre de l'anémie, de la chaleur torride. Hélène Lagonelle ne va pas au lycée. Elle ne sait pas aller à l'école, Hélène L. Elle n'apprend pas, elle ne retient pas. Elle fréquente les cours primaires de la pension mais ça ne sert à rien. Elle pleure contre mon corps, et je caresse ses cheveux, ses mains, je lui dis que je resterai avec elle au pensionnat. Elle ne sait pas qu'elle est très belle, Hélène L. Ses parents ne savent pas quoi en faire, ils cherchent à la marier au plus vite. Elle trouverait tous les fiancés qu'elle veut, Hélène Lagonelle, mais elle ne les veut pas, elle ne veut pas se marier, elle veut retourner avec sa mère. Elle. Hélène L. Hélène Lagonelle. Elle fera finalement ce que sa mère voudra. Elle est beaucoup plus belle que moi, que celle-ci au chapeau de clown, chaussée de lamé, infiniment plus mariable qu'elle, Hélène Lagonelle, elle, on peut la marier, l'établir dans la conjugalité, l'effrayer, lui expliquer ce qui lui fait peur et qu'elle ne comprend pas, lui ordonner de rester là, d'attendre.

Hélène Lagonelle, elle, elle ne sait pas encore ce que je sais. Elle, elle a pourtant dix-sept ans. C'est comme si je le devinais, elle ne saura jamais ce que je sais.

Le corps d'Hélène Lagonelle est lourd, encore innocent, la douceur de sa peau est telle, celle de certains fruits, elle est au bord de ne pas être perçue, illusoire un peu, c'est trop. Hélène Lagonelle donne

70

envie de la tuer, elle fait se lever le songe merveilleux de la mettre à mort de ses propres mains. Ces formes de fleur de farine, elle les porte sans savoir aucun, elle montre ces choses pour les mains les pétrir, pour la bouche les manger, sans les retenir, sans connaissance d'elles, sans connaissance non plus de leur fabuleux pouvoir. Je voudrais manger les seins d'Hélène Lagonelle comme lui mange les seins de moi dans la chambre de la ville chinoise où je vais chaque soir approfondir la connaissance de Dieu. Être dévorée de ces seins de fleur de farine que sont les siens.

Je suis exténuée du désir d'Hélène Lagonelle.
Je suis exténuée de désir.
Je veux emmener avec moi Hélène Lagonelle, là où chaque soir, les yeux clos, je me fais donner la jouissance qui fait crier. Je voudrais donner Hélène Lagonelle à cet homme qui fait ça sur moi pour qu'il le fasse à son tour sur elle. Ceci en ma présence, qu'elle le fasse selon mon désir, qu'elle se donne là où moi je me donne. Ce serait par le détour du corps de Hélène Lagonelle, par la traversée de son corps que la jouissance m'arriverait de lui, alors définitive.
De quoi en mourir.

Je la vois comme étant de la même chair que cet homme de Cholen mais dans un présent irradiant, solaire, innocent, dans une éclosion répétée d'elle-même, à chaque geste, à chaque larme, à chacune de ses failles, à chacune de ses ignorances. Hélène Lagonelle, elle est la femme de cet homme de peine qui me fait la jouissance si abstraite, si dure, cet homme obscur de Cholen, de la Chine. Hélène Lagonelle est de la Chine.

Je n'ai pas oublié Hélène Lagonelle. Je n'ai pas oublié cet homme de peine. Lorsque je suis partie, lorsque je l'ai quitté, je suis restée deux ans sans m'approcher d'aucun autre homme. Mais cette mystérieuse fidélité devait être à moi-même.

Je suis encore dans cette famille, c'est là que j'habite à l'exclusion de tout autre lieu. C'est dans son aridité, sa terrible dureté, sa malfaisance que je suis le plus profondément assurée de moi-même, au plus profond de ma certitude essentielle, à savoir que plus tard j'écrirai.

C'est là le lieu où plus tard me tenir une fois le présent quitté, à l'exclusion de tout autre lieu. Les heures que je passe dans la garçonnière de Cholen font apparaître ce lieu-là dans une lumière fraîche, nouvelle. C'est un lieu irrespirable, il côtoie la mort, un lieu de violence, de douleur, de désespoir, de déshonneur. Et tel est le lieu de Cholen. De l'autre côté du fleuve. Une fois le fleuve traversé.

Je n'ai pas su ce qu'est devenue Hélène Lagonelle, si elle est morte. C'est elle qui est partie la première de la pension, bien avant mon départ pour la France. Elle est retournée à Dalat. C'était sa mère qui lui avait demandé de revenir à Dalat. Je crois me souvenir que c'était pour la marier, qu'elle devait rencontrer un nouvel arrivant de la métropole. Peut-être que je me trompe, que je confonds ce que je croyais qui arriverait à Hélène Lagonelle avec ce départ obligé réclamé par sa mère.

Que je vous dise aussi ce que c'était, comment c'était. Voilà : il vole les boys pour aller fumer l'opium. Il vole notre mère. Il fouille les armoires. Il vole. Il joue. Mon père avait acheté une maison dans l'Entre-deux-Mers avant de mourir. C'était notre seul bien. Il joue. Ma mère la vend pour payer les dettes. Ce n'est pas assez, ce n'est jamais assez. Jeune il essaie de me vendre à des clients de la Coupole. C'est pour lui que ma mère veut vivre encore, pour qu'il mange encore, qu'il dorme au chaud, qu'il entende encore appeler son nom. Et la propriété qu'elle lui a achetée près d'Amboise, dix ans d'économies. En une nuit hypothéquée. Elle paye les intérêts. Et tout le produit de la coupe des bois que je vous ai dit. En une nuit. Il a volé ma mère mourante. C'était quelqu'un qui fouillait les armoires, qui avait du flair, qui savait bien chercher, découvrir les bonnes piles de draps, les cachettes. Il a volé les alliances, ces choses-là, beaucoup, les bijoux, la nourriture. Il a volé Dô, les boys, mon petit frère. Moi, beaucoup. Il l'aurait vendue, elle, sa mère. Quand elle meurt il fait venir le notaire tout de suite, dans l'émotion de la mort. Il sait profiter de l'émotion de la mort. Le notaire dit que le testament n'est pas valable. Qu'elle a trop avantagé son fils aîné à mes dépens. La différence est énorme, risible. Il faut qu'en toute connaissance de cause je l'accepte ou je le refuse. Je certifie que je l'accepte : je signe. Je l'ai accepté. Mon frère, les yeux baissés, merci. Il pleure. Dans l'émotion de la mort de notre mère. Il est sincère. À la libération de Paris, poursuivi sans doute pour faits de collaboration dans le Midi, il ne sait plus où aller. Il vient chez moi. Je n'ai jamais très bien su, il fuit un danger. Peut-être a-t-il donné des gens, des juifs, tout est possible. Il est très doux, affectueux comme toujours après ses assassinats ou lorsqu'il lui faut vos services. Mon mari est déporté. Il compatit. Il reste trois jours. J'ai oublié, quand je sors je ne ferme rien. Il fouille. Je garde pour le retour de mon mari le sucre et le riz de mes tickets. Il fouille et prend. Il fouille encore une petite armoire dans ma chambre. Il trouve. Il prend la totalité de mes économies, cinquante mille francs. Il ne laisse pas un seul billet. Il quitte l'appartement avec les vols. Quand je le reverrai je ne lui en parlerai pas, la honte est si grande pour lui, je ne le pourrai pas. Après le faux testament, le faux château Louis XIV est vendu pour une bouchée de pain. La vente a été truquée, comme le testament.

Après la mort de ma mère il est seul. Il n'a pas d'amis, il n'a jamais eu d'amis, il a eu quelquefois des femmes qu'il faisait « travailler » à Montparnasse, quelquefois des femmes qu'il ne faisait pas travailler, au début tout au moins, quelquefois des hommes mais qui, eux, le payaient. Il vivait dans une grande solitude. Celle-ci s'est accrue avec la vieillesse. C'était seulement un voyou, ses causes étaient minces. Il a fait peur autour de lui, pas au-delà. Avec nous il a perdu son véritable empire. Ce n'était pas un gangster, c'était un voyou de famille, un fouilleur d'armoires, un assassin sans armes. Il ne se compromettait pas. Les voyous vivent ainsi qu'il vivait, sans solidarité, sans grandeur, dans la peur. Il avait peur. Après la mort de ma mère il mène une existence étrange. À Tours. Il ne connaît que les garçons de café pour les « tuyaux » des courses et la clientèle vineuse des pockers d'arrière-salle. Il commence à leur ressembler, il boit beaucoup, il attrape les yeux injectés, la bouche torve. À Tours, il n'a plus rien. Les deux propriétés liquidées, plus rien. Pendant un an il habite un garde-meuble loué par ma mère. Il dort pendant un an dans un fauteuil. On veut bien le laisser entrer. Rester là un an. Et puis il est mis dehors.

Pendant un an il a dû espérer racheter sa propriété hypothéquée. Il a joué un à un les meubles de ma mère au garde-meuble, les bouddhas de bronze, les cuivres et puis les lits, et puis les armoires et puis les draps. Et puis un jour il n'a plus rien eu, ça leur arrive, un jour il a le costume qu'il a sur le dos, plus rien d'autre, plus un drap, plus un couvert. Il est seul. En un an personne ne lui a ouvert sa porte. Il écrit à un cousin de Paris. Il aura une chambre de service à Malesherbes. Et à plus de cinquante ans il aura son premier emploi, le premier salaire de sa vie, il est planton dans une Compagnie d'assurances maritimes. Ça a duré, je crois, quinze ans. Il est allé à l'hôpital. Il n'y est pas mort. Il est mort dans sa chambre.

Ma mère n'a jamais parlé de cet enfant. Elle ne s'est jamais plainte. Elle n'a jamais parlé du fouilleur d'armoires à personne. Il en a été de cette maternité comme d'un délit. Elle la tenait cachée. Devait la croire inintelligible, incommunicable à quiconque ne connaissait pas son fils comme elle le connaissait, par-devant Dieu et seulement devant Lui. Elle en disait de petites banalités, toujours les mêmes. Que s'il avait voulu ç'aurait été lui le plus intelligent des trois. Le plus « artiste ». Le plus fin. Et aussi celui qui avait le plus aimé sa mère. Lui qui, en définitive, l'avait le mieux comprise. Je ne savais pas, disait-elle, qu'on pouvait attendre ça d'un garçon, une telle intuition, une tendresse si profonde.

Nous nous sommes revus une fois, il m'a parlé du petit frère mort. Il a dit : quelle horreur cette mort, c'est abominable, notre petit frère, notre petit Paulo.

Reste cette image de notre parenté : c'est un repas à Sadec. Nous mangeons tous les trois à la table de la salle à manger. Ils ont dix-sept, dix-huit ans. Ma mère n'est pas avec nous. Il nous regarde manger, le petit frère et moi, et puis il pose sa fourchette, il ne regarde plus que mon petit frère. Très longuement il le regarde et puis il lui dit tout à coup, très calmement, quelque chose de terrible. La phrase est sur la nourriture. Il lui dit qu'il doit faire attention, qu'il ne doit pas manger autant. Le petit frère ne répond rien. Il continue. Il rappelle que les gros morceaux de viande c'est pour lui, qu'il ne doit pas l'oublier. Sans ça, dit-il. Je demande : pourquoi pour toi ? Il dit : parce que c'est comme ça. Je dis : je voudrais que tu meures. Je ne peux plus manger. Le petit frère non plus. Il attend que le petit frère ose dire un mot, un seul mot, ses poings fermés sont déjà prêts au-dessus de la table pour lui broyer la figure. Le petit frère ne dit rien. Il est très pâle. Entre ses cils le début des pleurs.

Quand il meurt c'est un jour morne. Je crois, de printemps, d'avril. On me téléphone. Rien, on ne dit rien d'autre, il a été trouvé mort, par terre, dans sa chambre. La mort était en avance sur la fin de son histoire. De son vivant c'était déjà fait, c'était trop tard pour qu'il meure, c'était fait depuis la mort du petit frère. Les mots subjugants : tout est consommé.

Elle a demandé que celui-là soit enterré avec elle. Je ne sais plus à quel endroit, dans quel cimetière, je sais que c'est dans la Loire. Ils sont tous les deux dans la tombe. Eux deux seulement. C'est juste. L'image est d'une intolérable splendeur.

Le crépuscule tombait à la même heure toute l'année. Il était très court, presque brutal. À la saison des pluies, pendant des semaines, on ne voyait pas le ciel, il était pris dans un brouillard uniforme que même la lumière de la lune ne traversait pas. En saison sèche par contre le ciel était nu, découvert dans sa totalité, cru. Même les nuits sans lune étaient illuminées. Et les ombres étaient pareillement dessinées sur les sols, les eaux, les routes, les murs.

Je me souviens mal des jours. L'éclairement solaire ternissait les couleurs, écrasait. Des nuits, je me souviens. Le bleu était plus loin que le ciel, il était derrière toutes les épaisseurs, il recouvrait le fond du monde. Le ciel, pour moi, c'était cette traînée de pure brillance qui traverse le bleu, cette fusion froide au-delà de toute couleur. Quelquefois, c'était à Vinhlong, quand ma mère était triste, elle faisait atteler le tilbury et on allait dans la campagne voir la nuit de la saison sèche. J'ai eu cette chance, pour ces nuits, cette mère. La lumière tombait du ciel dans des cataractes de pure transparence, dans des trombes de silence et d'immobilité. L'air était bleu, on le prenait dans la main. Bleu. Le ciel était cette palpitation continue de la brillance de la lumière. La nuit éclairait tout, toute la campagne de chaque rive du fleuve jusqu'aux limites de la vue. Chaque nuit était particulière, chacune pouvait être appelée le temps de sa durée. Le son des nuits était celui des chiens de la campagne. Ils hurlaient au mystère. Ils se répondaient de village en village jusqu'à la consommation totale de l'espace et du temps de la nuit.

Dans les allées de la cour les ombres des pommiers canneliers sont d'encre noire. Le jardin est tout entier figé dans une immobilité de marbre. La maison de même, monumentale, funèbre. Et mon petit frère qui marchait auprès de moi et qui maintenant regarde avec insistance vers le portail ouvert sur l'avenue déserte.

Une fois il n'est pas là devant le lycée. Le chauffeur est seul dans l'auto noire. Il me dit que le père est malade, que le jeune maître est reparti pour Sadec. Que lui, le chauffeur, a reçu l'ordre de rester à Saigon pour m'amener au lycée, me reconduire à la pension. Le jeune maître est revenu au bout de quelques jours. De nouveau il a été à l'arrière de l'auto noire, le visage détourné pour ne pas voir les regards, toujours dans la peur. Nous nous sommes embrassés, sans un mot, embrassés, là, nous avons oublié, devant le lycée, embrassés. Dans le baiser il pleurait. Le père allait vivre encore. Son dernier espoir s'en allait. Il le lui avait demandé. Il l'avait supplié de le laisser me garder encore avec lui contre son corps, il lui avait dit qu'il devait le comprendre, qu'il devait lui-même avoir vécu au moins une fois une passion comme celle-ci au cours de sa longue vie, que c'était impossible qu'il en ait été autrement, il l'avait prié de lui permettre de vivre à son tour, une fois, une passion pareille, cette folie-là, cet amour fou de la petite fille blanche, il lui avait demandé de lui laisser le temps de l'aimer encore avant de la renvoyer en France, de la lui laisser encore, encore un an peut-être, parce que ce n'était pas possible pour lui de laisser déjà cet amour, il était trop nouveau, encore trop fort, encore trop dans sa violence naissante, que c'était trop affreux encore de se séparer de son corps, d'autant, il le savait bien, lui, le père, que cela ne se reproduirait jamais plus.

Le père lui avait répété qu'il préférait le voir mort.

Nous nous sommes baignés ensemble avec l'eau fraîche des jarres, nous nous sommes embrassés, nous avons pleuré et ça a été encore à en mourir mais cette fois, déjà, d'une inconsolable jouissance. Et puis je lui ai dit. Je lui ai dit de ne rien regretter, je lui ai rappelé ce qu'il avait dit, que je partirais de partout, que je ne pouvais pas décider de ma conduite. Il a dit que même cela lui était égal désormais, que tout était dépassé. Alors je lui ai dit que j'étais de l'avis de son père. Que je refusais de rester avec lui. Je n'ai pas donné de raisons.

C'est une des longues avenues de Vinhlong qui se termine sur le Mékong. C'est une avenue toujours déserte le soir. Ce soir-là comme presque chaque soir il y a une panne d'électricité. Tout commence par là. Dès que j'atteins l'avenue, que le portail est refermé derrière moi, survient la panne de lumière. Je cours. Je cours parce que j'ai peur de l'obscurité. Je cours de plus en plus vite. Et tout à coup je crois entendre une autre course derrière moi. Et tout à coup je suis sûre que derrière moi quelqu'un court dans mon sillage. Tout en courant je me retourne et je vois. C'est une très grande femme, très maigre, maigre comme la mort et qui rit et qui court. Elle est pieds nus, elle court après moi pour me rattraper. Je la reconnais, c'est la folle du poste, la folle de Vinhlong. Pour la première fois je l'entends, elle parle la nuit, le jour elle dort, et souvent là dans cette avenue, devant le jardin. Elle court en criant dans une langue que je ne connais pas. La peur est telle que je ne peux pas appeler. Je dois avoir huit ans. J'entends son rire hurlant et ses cris de joie, c'est sûr qu'elle doit s'amuser de moi. Le souvenir est celui d'une peur centrale. Dire que cette peur dépasse mon entendement, ma force, c'est peu dire. Ce que l'on peut avancer, c'est le souvenir de cette certitude de l'être tout entier, à savoir que si la femme me touche, même légèrement, de la main, je passerai à mon tour dans un état bien pire que celui de la mort, l'état de la folie. J'ai atteint le jardin des voisins, la maison, j'ai monté les marches et je suis tombée dans l'entrée. Je suis plusieurs jours ensuite sans pouvoir raconter du tout ce qui m'est arrivé.

Tard dans ma vie je suis encore dans la peur de voir s'aggraver un état de ma mère — je n'appelle pas encore cet état — ce qui la mettrait dans le cas d'être séparée de ses enfants. Je crois que ce sera à moi de savoir ce qu'il en sera le jour venu, pas à mes frères, parce que mes frères ne sauraient pas juger de cet état-là.

C'était à quelques mois de notre séparation définitive, c'était à Saigon, tard le soir, nous étions sur la grande terrasse de la maison de la rue Testard. Il y avait Dô. J'ai regardé ma mère. Je l'ai mal reconnue. Et puis, dans une sorte d'effacement soudain, de chute, brutalement je ne l'ai plus reconnue du tout. Il y a eu tout à coup, là, près de moi, une personne assise à la place de ma mère, elle n'était pas ma mère, elle avait son aspect, mais jamais elle n'avait été ma mère. Elle avait un air légèrement hébété, elle regardait vers le parc, un certain point du parc, elle guettait semble-t-il l'imminence d'un événement dont je ne percevais rien. Il y avait en elle une jeunesse des traits, du regard, un bonheur qu'elle réprimait en raison d'une pudeur dont elle devait être coutumière. Elle était belle. Dô était à côté d'elle. Dô paraissait ne s'être aperçue de rien. L'épouvante ne tenait pas à ce que je dis d'elle, de ses traits, de son air de bonheur, de sa beauté, elle venait de ce qu'elle était assise là même où était assise ma mère lorsque la substitution s'était produite, que je savais que personne d'autre n'était là à sa place qu'elle-même, mais que justement cette identité qui n'était remplaçable par aucune autre avait disparu et que j'étais sans aucun moyen de faire qu'elle revienne, qu'elle commence à revenir. Rien ne se proposait plus pour habiter l'image. Je suis devenue folle en pleine raison. Le temps de crier. J'ai crié. Un cri faible, un appel à l'aide pour que craque cette glace dans laquelle se figeait mortellement toute la scène. Ma mère s'est retournée.

J'ai peuplé toute la ville de cette mendiante de l'avenue. Toutes les mendiantes des villes, des rizières, celles des pistes qui bordaient le Siam, celles des rives du Mékong, je l'en ai peuplée elle qui m'avait fait peur. Elle est venue de partout. Elle est toujours arrivée à Calcutta, d'où qu'elle soit venue. Elle a toujours dormi à l'ombre des pommiers canneliers de la cour de récréation. Toujours ma mère a été là près d'elle, à lui soigner son pied rongé par les vers, plein de mouches.

À côté d'elle la petite fille de l'histoire. Elle la porte depuis deux mille kilomètres. Elle n'en veut plus du tout, elle la donne, allez, prends. Plus d'enfants. Pas d'enfant. Tous morts ou jetés, ça fait une masse à la fin de la vie. Celle-ci qui dort sous les pommiers canneliers n'est pas encore morte. C'est celle qui vivra le plus longtemps. Elle mourra à l'intérieur de la maison, en robe de dentelle. Elle sera pleurée.

Elle est sur les talus des rizières qui bordent la piste, elle crie et elle rit à gorge déployée. Elle a un rire d'or, à réveiller les morts, à réveiller quiconque écoute rire les enfants. Elle reste devant le bungalow des jours et des jours, il y a des Blancs dans le bungalow, elle se souvient, ils donnent à manger aux mendiants. Puis une fois, voilà, elle se réveille au petit jour et elle commence à marcher, un jour elle part, allez voir pourquoi, elle oblique vers la montagne, elle traverse la forêt et elle suit les sentiers qui courent le long des crêtes de la chaîne du Siam. À force de voir, peut-être, de voir un ciel jaune et vert de l'autre côté de la plaine, elle traverse. Elle commence à descendre vers la mer, vers la fin. Elle dévale de sa grande marche maigre les pentes de la forêt. Elle traverse, traverse. Ce sont les forêts pestilentielles. Les régions très chaudes. Il n'y a pas le vent salubre de la mer. Il y a le vacarme stagnant des moustiques, les enfants morts, la pluie chaque jour. Et puis voici les deltas. Ce sont les plus grands deltas de la terre. Ils sont de vase noire. Ils sont vers Chittagong. Elle a quitté les pistes, les forêts, les routes du thé, les soleils rouges, elle parcourt devant elle l'ouverture des deltas. Elle prend la direction du tournoiement du monde, celle toujours lointaine, enveloppante, de l'est. Un jour elle est face à la mer. Elle crie, elle rit de son gloussement miraculeux d'oiseau. À cause du rire elle trouve à Chittagong une jonque qui la traverse, les pêcheurs veulent bien la prendre, elle traverse en compagnie le golfe du Bengale.

On commence, on commence ensuite à la voir près des décharges publiques dans les banlieues de Calcutta.

Et puis on la perd. Et puis après on la retrouve encore. Elle est derrière l'ambassade de France de cette même ville. Elle dort dans un parc, rassasiée d'une nourriture infinie.

Elle est là pendant la nuit. Puis dans le Gange au lever du jour. L'humeur rieuse et moqueuse toujours. Elle ne part plus. Ici elle mange, elle dort, c'est calme la nuit, elle reste là dans le parc de lauriers-roses.

Un jour je viens, je passe par là. J'ai dix-sept ans. C'est le quartier anglais, les parcs des ambassades, c'est la mousson, les tennis sont déserts. Le long du Gange les lépreux rient.

Nous sommes en escale à Calcutta. Une panne du paquebot de ligne. Nous visitons la ville pour passer le temps. Nous repartons le lendemain soir.

Quinze ans et demi. La chose se sait très vite dans le poste de Sadec. Rien que cette tenue dirait le déshonneur. La mère n'a aucun sens de rien, ni celui de la façon d'élever une petite fille. La pauvre enfant. Ne croyez pas, ce chapeau n'est pas innocent, ni ce rouge à lèvres, tout ça signifie quelque chose, ce n'est pas innocent, ça veut dire, c'est pour attirer les regards, l'argent. Les frères, des voyous. On dit que c'est un Chinois, le fils du milliardaire, la villa du Mékong, en céramiques bleues. Même lui, au lieu d'en être honoré, il n'en veut pas pour son fils. Famille de voyous blancs.

La Dame on l'appelait, elle venait de Savannakhet. Son mari nommé à Vinhlong. Pendant un an on ne l'avait pas vue à Vinhlong. À cause de ce jeune homme, administrateur-adjoint à Savannakhet. Ils ne pouvaient plus s'aimer. Alors il s'était tué d'un coup de revolver. L'histoire est parvenue jusqu'au nouveau poste de Vinhlong. Le jour de son départ de Savannakhet pour Vinhlong, une balle dans le cœur. Sur la grande place du poste dans le plein soleil. À cause de ses petites filles et de son mari nommé à Vinhlong elle lui avait dit que cela devait cesser.

Cela se passe dans le quartier mal famé de Cholen, chaque soir. Chaque soir cette petite vicieuse va se faire caresser le corps par un sale Chinois millionnaire. Elle est aussi au lycée où sont les petites filles blanches, les petites sportives blanches qui apprennent le crawl dans la piscine du Club sportif. Un jour ordre leur sera donné de ne plus parler à la fille de l'institutrice de Sadec.

À la récréation, elle regarde vers la rue, toute seule, adossée à un pilier du préau. Elle ne dit rien de ça à sa mère. Elle continue à venir en classe dans la limousine noire du Chinois de Cholen. Elles la regardent partir. Il n'y aura aucune exception. Aucune ne lui adressera plus la parole. Cet isolement fait se lever le pur souvenir de la dame de Vinhlong. Elle venait, à ce moment-là, d'avoir trente-huit ans. Et dix ans alors l'enfant. Et puis maintenant seize ans tandis qu'elle se souvient.

La dame est sur la terrasse de sa chambre, elle regarde les avenues le long du Mékong, je la vois quand je viens du catéchisme avec mon petit frère. La chambre est au centre d'un grand palais à terrasses couvertes, le palais est au centre du parc de lauriers-roses et de palmes. La même différence sépare la dame et la jeune fille au chapeau plat des autres gens du poste. De même que toutes les deux regardent les longues avenues des fleuves, de même elles sont. Isolées toutes les deux. Seules, des reines. Leur disgrâce va de soi. Toutes deux au discrédit vouées du fait de la nature de ce corps qu'elles ont, caressé par des amants, baisé par leurs bouches, livrées à l'infamie d'une jouissance à en mourir, disent-elles, à en mourir de cette mort mystérieuse des amants sans amour. C'est de cela qu'il est question, de cette humeur à mourir. Cela s'échappe d'elles, de leurs chambres, cette mort si forte qu'on en connaît le fait dans la ville entière, les postes de la brousse, les chefs-lieux, les réceptions, les bals ralentis des administrations générales.

La dame vient justement de reprendre ces réceptions officielles, elle croit que c'est fait, que le jeune homme de Savannakhet est entré dans l'oubli. La dame a donc repris ses soirées auxquelles elle est tenue pour que se voir puissent quand même les gens, de temps en temps, et de temps en temps aussi sortir de la solitude effroyable dans laquelle se tiennent les postes de la brousse perdus dans les étendues quadrilatères du riz, de la peur, de la folie, des fièvres, de l'oubli.

Le soir à la sortie du lycée, la même limousine noire, le même chapeau d'insolence et d'enfance, les mêmes souliers lamés et elle, elle va, elle va se faire découvrir le corps par le milliardaire chinois, il la lavera sous la douche, longuement, comme chaque soir elle faisait chez sa mère avec l'eau fraîche d'une jarre qu'il garde pour elle, et puis il la portera mouillée sur le lit, il mettra le ventilateur et il l'embrassera de plus en plus partout et elle demandera toujours encore et encore, et après elle rentrera à la pension, et personne pour la punir, la battre, la défigurer, l'insulter.

C'était à la fin de la nuit qu'il s'était tué, sur la grande place du poste étincelante de lumière. Elle dansait. Puis le jour était arrivé. Il avait contourné le corps. Puis, le temps passant, le soleil avait écrasé la forme. Personne n'avait osé approcher. La police le fera. À midi, après l'arrivée des chaloupes du voyage, il n'y aura plus rien, la place sera nette.

Ma mère a dit à la directrice de la pension : ça ne fait rien, tout ça c'est sans importance, vous avez vu ? ces petites robes usées, ce chapeau rose et ces souliers en or, comme cela lui va bien ? La mère est ivre de joie quand elle parle de ses enfants et alors son charme est encore plus grand. Les jeunes surveillantes de la pension écoutent la mère passionnément. Tous, dit la mère, ils tournent autour d'elle, tous les hommes du poste, mariés ou non, ils tournent autour de ça, ils veulent de cette petite, de cette chose-là, pas tellement définie encore, regardez, encore une enfant. Déshonorée disent les gens ? et moi je dis : comment ferait l'innocence pour se déshonorer ?

La mère parle, parle. Elle parle de la prostitution éclatante et elle rit, du scandale, de cette pitrerie, de ce chapeau déplacé, de cette élégance sublime de l'enfant de la traversée du fleuve, et elle rit de cette chose irrésistible ici dans les colonies françaises, je parle, dit-elle, de cette peau de Blanche, de cette jeune enfant qui était jusque-là cachée dans les postes de brousse et qui tout à coup arrive au grand jour et se commet dans la ville au su et à la vue de tous, avec la grande racaille milliardaire chinoise, diamant au doigt comme une jeune banquière, et elle pleure.

Quand elle a vu le diamant elle a dit d'une petite voix : ça me rappelle un petit solitaire que j'ai eu aux fiançailles avec mon premier mari. Je dis : monsieur Obscur. On rit. C'était son nom, dit-elle, c'est pourtant vrai.

Nous nous sommes regardées longuement et puis elle a eu un sourire très doux, légèrement moqueur, empreint d'une connaissance si profonde de ses enfants et de ce qui les attendrait plus tard que j'ai failli lui parler de Cholen.

Je ne l'ai pas fait. Je ne l'ai jamais fait.

Elle a attendu longtemps avant de me parler encore, puis elle l'a fait, avec beaucoup d'amour : tu sais que c'est fini ? que tu ne pourras jamais plus te marier ici à la colonie ? Je hausse les épaules, je ris. Je dis : je peux me marier partout, quand je veux. Ma mère fait signe que non. Non. Elle dit : ici tout se sait, ici tu ne pourras plus. Elle me regarde et elle dit les choses inoubliables : tu leur plais ? Je réponds : c'est ça, je leur plais quand même. C'est là qu'elle dit : tu leur plais aussi à cause de ce que tu es toi.

Elle me demande encore : c'est seulement pour

l'argent que tu le vois ? J'hésite et puis je dis que c'est seulement pour l'argent. Elle me regarde encore longtemps, elle ne me croit pas. Elle dit : je ne te ressemblais pas, j'ai eu plus de mal que toi pour les études et moi j'étais très sérieuse, je l'ai été trop longtemps, trop tard, j'ai perdu le goût de mon plaisir.

C'était un jour de vacances à Sadec. Elle se reposait sur un rocking-chair, les pieds sur une chaise, elle avait fait un courant d'air entre les portes du salon et de la salle à manger. Elle était paisible, pas méchante. Tout à coup elle avait aperçu sa petite, elle avait eu envie de lui parler.

On n'était pas loin de la fin, de l'abandon des terres du barrage. Pas loin du départ pour la France.

Je la regardais s'endormir.

De temps en temps ma mère décrète : demain on va chez le photographe. Elle se plaint du prix mais elle fait quand même les frais des photos de famille. Les photos, on les regarde, on ne se regarde pas mais on regarde les photographies, chacun séparément, sans un mot de commentaire, mais on les regarde, on se voit. On voit les autres membres de la famille un par un ou rassemblés. On se revoit quand on était très petit sur les anciennes photos et on se regarde sur les photos récentes. La séparation a encore grandi entre nous. Une fois regardées, les photos sont rangées avec le linge dans les armoires. Ma mère nous fait photographier pour pouvoir nous voir, voir si nous grandissons normalement. Elle nous regarde longuement comme d'autres mères, d'autres enfants. Elle compare les photos entre elles, elle parle de la croissance de chacun. Personne ne lui répond.

Ma mère ne fait photographier que ses enfants. Jamais rien d'autre. Je n'ai pas de photographie de Vinhlong, aucune, du jardin, du fleuve, des avenues droites bordées des tamariniers de la conquête française, aucune, de la maison, de nos chambres d'asile blanchies à la chaux avec les grands lits en fer noirs et dorés, éclairées comme les classes d'école avec les ampoules rougeoyantes des avenues, les abat-jour en tôle verte, aucune, aucune image de ces endroits incroyables, toujours provisoires, au-delà de toute laideur, à fuir, dans lesquelles ma mère campait en attendant, disait-elle, de s'installer vraiment, mais en France, dans ces régions dont elle a parlé toute sa vie et qui se situaient selon son humeur, son âge, sa tristesse, entre le Pas-de-Calais et l'Entre-deux-Mers. Lorsqu'elle s'arrêtera pour toujours, qu'elle s'installera dans la Loire, sa chambre sera la redite de celle de Sadec, terrible. Elle aura oublié.

Elle ne faisait jamais de photos de lieux, de paysages, rien que de nous, ses enfants, et la plupart du temps elle nous groupait pour que la photo coûte moins cher. Les quelques photos d'amateur qui ont été prises de nous l'ont été par des amis de ma mère, des collègues nouveaux arrivants à la colonie qui prenaient des vues du paysage équatorial, cocotiers et coolies, pour envoyer à leur famille.

Mystérieusement ma mère montre les photographies de ses enfants à sa famille pendant ses congés. Nous ne voulons pas aller dans cette famille. Mes frères ne l'ont jamais connue. Moi, la plus petite, d'abord elle m'y traînait. Et puis ensuite je n'y suis plus allée, parce que mes tantes, à cause de ma conduite scandaleuse, ne voulaient plus que leurs filles me voient. Alors il ne reste à ma mère que les photographies à montrer, alors ma mère les montre, logiquement, raisonnablement, elle montre à ses cousines germaines les enfants qu'elle a. Elle se doit de le faire, alors elle le fait, ses cousines c'est ce qui reste de la famille, alors elle leur montre les photos de la famille. Est-ce qu'on aperçoit quelque chose de cette femme à travers cette façon d'être ? À travers cette disposition qu'elle a d'aller jusqu'au bout des choses, sans jamais imaginer qu'elle pourrait abandonner, laisser là, les cousines, la peine, la corvée ? Je le crois. C'est dans cette vaillance de l'espèce, absurde, que moi je retrouve la grâce profonde.

Quand elle a été vieille, les cheveux blancs, elle est allée aussi chez le photographe, elle y est allée seule, elle s'est fait photographier avec sa belle robe rouge sombre et ses deux bijoux, son sautoir et sa broche en or et jade, un petit tronçon de jade embouti d'or. Sur la photo elle est bien coiffée, pas un pli, une image. Les indigènes aisés allaient eux aussi chez le photographe, une fois par existence, quand ils voyaient que la mort approchait. Les photos étaient grandes, elles étaient toutes de même format, elles étaient encadrées dans des beaux cadres dorés et accrochées près de l'autel des ancêtres. Tous les gens photographiés, j'en ai vus beaucoup, donnaient presque la même photo, leur ressemblance était hallucinante. Ce n'est pas seulement que la vieillesse se ressemble, c'est que les portraits étaient retouchés, toujours, et de telle façon que les particularités du visage, s'il en restait encore, étaient atténuées. Les visages étaient apprêtés de la même façon pour affronter l'éternité, ils étaient gommés, uniformément rajeunis. C'était ce que voulaient les gens. Cette ressemblance — cette discrétion — devait habiller le souvenir de leur passage à travers la famille, témoigner à la fois de la singularité de celui-ci et de son effectivité. Plus ils se ressemblaient et plus l'appartenance aux rangs de la famille devait être patente. De plus, tous les hommes avaient le même turban, les femmes le même chignon, les mêmes coiffures tirées, les hommes et les femmes la même robe à col droit. Ils avaient tous le même air que je reconnaîtrais encore entre tous. Et cet air qu'avait ma mère dans la photographie de la robe rouge était le leur, c'était celui-là, noble, diraient certains, et certains autres, effacé.

Ils n'en parlent plus jamais. C'est une chose entendue qu'il ne tentera plus rien auprès de son père pour l'épouser. Que le père n'aura aucune pitié pour son fils. Il n'en a pour personne. De tous les émigrés chinois qui tiennent le commerce du poste entre leurs mains, celui des terrasses bleues est le plus terrible, le plus riche, celui dont les biens s'étendent le plus loin au-delà de Sadec, jusqu'à Cholen, la capitale chinoise de l'Indochine française. L'homme de Cholen sait que la décision de son père et celle de l'enfant sont les mêmes et qu'elles sont sans appel. À un moindre degré il commence à entendre que le départ qui le séparera d'elle est la chance de leur histoire. Que celle-ci n'est pas de la sorte qu'il faut pour être mariée, qu'elle se sauverait de tout mariage, qu'il faudra l'abandonner, l'oublier, la redonner aux Blancs, à ses frères.

Depuis qu'il était fou de son corps, la petite fille ne souffrait plus de l'avoir, de sa minceur et, de même, étrangement, sa mère ne s'en inquiétait plus comme elle faisait avant, tout comme si elle avait découvert elle aussi que ce corps était finalement plausible, acceptable, autant qu'un autre. Lui, l'amant de Cholen, il croit que la croissance de la petite Blanche a pâti de la chaleur trop forte. Lui aussi il est né et il a grandi dans cette chaleur. Il se découvre avoir avec elle cette parenté-là. Il dit que toutes ces années passées ici, à cette intolérable latitude, ont fait qu'elle est devenue une jeune fille de ce pays de l'Indochine. Qu'elle a la finesse de leurs poignets, leurs cheveux drus dont on dirait qu'ils ont pris pour eux toute la force, longs comme les leurs, et surtout, cette peau, cette peau de tout le corps qui vient de l'eau de la pluie qu'on garde ici pour le bain des femmes, des enfants. Il dit que les femmes de France, à côté de celles-ci, ont la peau du corps dure, presque rêche. Il dit encore que la nourriture pauvre des Tropiques, faite de poissons, de fruits, y est aussi pour quelque chose. Et aussi les cotonnades et les soies dont les vêtements sont faits, toujours larges ces vêtements, qui laissent le corps loin d'eux, libre, nu.

L'amant de Cholen s'est fait à l'adolescence de la petite Blanche jusqu'à s'y perdre. La jouissance qu'il prend à elle chaque soir a engagé son temps, sa vie. Il ne lui parle presque plus. Peut-être croit-il qu'elle ne comprendrait plus ce qu'il lui dirait d'elle, de cet amour qu'il ne connaissait pas encore et dont il ne sait rien dire. Peut-être découvre-t-il qu'ils ne se sont jamais encore parlé, sauf lorsqu'ils s'appellent dans les cris de la chambre le soir. Oui, je crois qu'il ne savait pas, il découvre qu'il ne savait pas.

Il la regarde. Les yeux fermés il la regarde encore. Il respire son visage. Il respire l'enfant, les yeux fermés il respire sa respiration, cet air chaud qui ressort d'elle. Il discerne de moins en moins clairement les limites de ce corps, celui-ci n'est pas comme les autres, il n'est pas fini, dans la chambre il grandit encore, il est encore sans formes arrêtées, à tout instant en train de se faire, il n'est pas seulement là où il le voit, il est ailleurs aussi, il s'étend au-delà de la vue, vers le jeu, la mort, il est souple, il part tout entier dans la jouissance comme s'il était grand, en âge, il est sans malice, d'une intelligence effrayante.

Je regardais ce qu'il faisait de moi, comme il se servait de moi et je n'avais jamais pensé qu'on pouvait le faire de la sorte, il allait au-delà de mon espérance et conformément à la destinée de mon corps. Ainsi j'étais devenue son enfant. Il était devenu autre chose aussi pour moi. Je commençais à reconnaître la douceur inexprimable de sa peau, de son sexe, au-delà de lui-même. L'ombre d'un autre homme aussi devait passer par la chambre, celle d'un jeune assassin, mais je ne le savais pas encore, rien n'en apparaissait encore à mes yeux. Celle d'un jeune chasseur aussi devait passer par la chambre mais pour celle-là, oui, je le savais, quelquefois il était présent dans la jouissance et je le lui disais, à l'amant de Cholen, je lui parlais de son corps et de son sexe aussi, de son ineffable douceur, de son courage dans la forêt et sur les rivières aux embouchures des panthères noires. Tout allait à son désir et le faisait me prendre. J'étais devenue son enfant. C'était avec son enfant qu'il faisait l'amour chaque soir. Et parfois il prend peur, tout à coup il s'inquiète de sa santé comme s'il découvrait qu'elle était mortelle et que l'idée le traversait qu'il pouvait la perdre. Qu'elle soit si mince, tout à coup, et il prend peur aussi quelque-fois, brutalement. Et de ce mal de tête aussi, qui souvent la fait mourante, livide, immobile, un bandeau humide sur les yeux. Et de ce dégoût aussi qu'elle a quelquefois de la vie, quand ça la prend, qu'elle pense à sa mère et que subitement elle crie et pleure de colère à l'idée de ne pas pouvoir changer les choses, faire la mère heureuse avant qu'elle meure, tuer ceux qui ont fait ce mal. Le visage contre le sien il prend ses pleurs, il l'écrase contre lui, fou de désir de ses larmes, de sa colère.

Il la prend comme il prendrait son enfant. Il prendrait son enfant de même. Il joue avec le corps de son enfant, il le retourne, il s'en recouvre le visage, la bouche, les yeux. Et elle, elle continue à s'abandonner dans la direction exacte qu'il a prise quand il a commencé à jouer. Et d'un seul coup c'est elle qui le supplie, elle ne dit pas de quoi, et lui, il lui crie de se taire, il crie qu'il ne veut plus d'elle, qu'il ne veut plus jouir d'elle, et les voici de nouveau pris entre eux, verrouillés entre eux dans l'épouvante, et voici que cette épouvante se défait encore, qu'ils lui cèdent encore, dans les larmes, le désespoir, le bonheur.

Ils se taisent tout au long du soir. Dans l'auto noire qui la ramène à la pension elle met sa tête contre son épaule. Il l'enlace. Il lui dit que c'est bien que le bateau de France vienne bientôt et l'emmène et les sépare. Ils se taisent pendant le trajet. Quelquefois il demande au chauffeur d'aller le long du fleuve faire un tour. Elle s'endort, exténuée, contre lui. Il la réveille avec des baisers.

Dans le dortoir la lumière est bleue. Il y a une odeur d'encens, on en fait toujours brûler au crépuscule. La chaleur est stagnante, toutes les fenêtres sont grandes ouvertes et il n'y a pas un souffle d'air. J'enlève mes chaussures pour ne pas

96

faire de bruit mais je suis tranquille, je sais que la surveillante ne se lèvera pas, que c'est admis maintenant que je rentre la nuit à l'heure que je veux. Je vais tout de suite voir la place de H.L., toujours avec un peu d'inquiétude, toujours dans la peur qu'elle se soit enfuie de la pension pendant la journée. Elle est là. Elle dort bien, H.L. J'ai le souvenir d'un sommeil buté, presque hostile. De refus. Ses bras nus entourent sa tête, abandonnés. Le corps n'est pas convenablement couché comme celui des autres filles, ses jambes sont repliées, on ne voit pas son visage, son oreiller a glissé. Je devine qu'elle a dû m'attendre et puis s'endormir ainsi, dans l'impatience, la colère. Elle a dû pleurer aussi et puis tomber dans le gouffre. Je voudrais bien la réveiller et qu'on parle ensemble tout bas. Je ne parle plus avec l'homme de Cholen, il ne parle plus avec moi, j'ai besoin d'entendre les questions de H.L. Elle a cette attention incomparable des gens qui n'entendent pas ce que l'on dit. Mais ce n'est pas possible que je la réveille. Une fois réveillée ainsi, en pleine nuit, H.L. ne peut plus se rendormir. Elle se lève, elle a envie de sortir, elle le fait, elle dévale les escaliers, elle va dans les couloirs, les grandes cours vides, elle court, elle m'appelle, elle est si heureuse, on ne peut rien contre ça, et quand on la prive de promenade, on sait que c'est ce qu'elle attend. J'hésite, et puis non, je ne la réveille pas. Sous la moustiquaire la chaleur est étouffante, quand on la referme elle paraît impossible à supporter. Mais je sais que c'est parce que je viens du dehors, des rives du fleuve où il fait toujours frais la nuit. J'ai l'habitude, je ne bouge pas, j'attends que ça passe. Ça passe. Je ne m'endors jamais tout de suite malgré ces fatigues nouvelles dans ma vie. Je pense à l'homme de Cholen. Il doit être dans une boîte de nuit du côté de la Source, avec son chauffeur, ils doivent boire en silence, c'est l'alcool de riz quand ils sont entre eux. Ou bien il est rentré, il s'est endormi dans la lumière de la chambre, toujours sans parler à personne. Ce soir-là je ne peux plus supporter la pensée de l'homme de Cholen. Je ne peux plus supporter celle de H.L. Il semblerait qu'ils aient leur vie comblée, que ça leur vienne du dehors d'eux-mêmes. Il semblerait que je n'aie rien de pareil. La mère dit : celle-ci elle ne sera jamais contente de rien. Je crois que ma vie a commencé à se montrer à moi. Je crois que je sais déjà me le dire, j'ai vaguement envie de mourir. Ce mot, je ne le sépare déjà plus de ma vie. Je crois que j'ai vaguement envie d'être seule, de même je m'aperçois que je ne suis plus seule depuis que j'ai quitté l'enfance, la famille du Chasseur. Je vais écrire des livres. C'est ce que je vois au-delà de l'instant, dans le grand désert sous les traits duquel m'apparaît l'étendue de ma vie.

Je ne sais plus quels étaient les mots du télégramme de Saigon. Si on disait que mon petit frère était décédé ou si on disait : rappelé à Dieu. Il me semble me souvenir que c'était rappelé à Dieu. L'évidence m'a traversée : ce n'était pas elle qui avait pu envoyer le télégramme. Le petit frère.

Mort. D'abord c'est inintelligible et puis, brusquement, de partout, du fond du monde, la douleur arrive, elle m'a recouverte, elle m'a emportée, je ne reconnaissais rien, je n'ai plus existé sauf la douleur, laquelle, je ne savais pas laquelle, si c'était celle d'avoir perdu un enfant quelques mois plus tôt qui revenait ou si c'était une nouvelle douleur. Maintenant je crois que c'était une nouvelle douleur, mon enfant mort à la naissance je ne l'avais jamais connu et je n'avais pas voulu me tuer comme là je le voulais.

On s'était trompé. L'erreur qu'on avait faite, en quelques secondes, a gagné tout l'univers. Le scandale était à l'échelle de Dieu. Mon petit frère était immortel et on ne l'avait pas vu. L'immortalité avait été recelée par le corps de ce frère tandis qu'il vivait et nous, on n'avait pas vu que c'était dans ce corps-là que se trouvait être logée l'immortalité. Le corps de mon frère était mort. L'immortalité était morte avec lui. Et ainsi allait le monde maintenant, privé de ce corps visité, et de cette visite. On s'était trompé complètement. L'erreur a gagné tout l'univers, le scandale.

Du moment qu'il était mort, lui, le petit frère, tout devait mourir à sa suite. Et par lui. La mort, en chaîne, partait de lui, l'enfant.

Le corps mort de l'enfant, lui, ne se ressentait en rien de ces événements dont il était cause. L'immortalité qu'il avait abritée pendant vingt-sept ans de sa vie, il n'en connaissait pas le nom.

Personne ne voyait clair que moi. Et du moment que j'accédais à cette connaissance-là, si simple, à savoir que le corps de mon petit frère était le mien aussi, je devais mourir. Et je suis morte. Mon petit frère m'a rassemblée à lui, il m'a tirée à lui et je suis morte.

Il faudrait prévenir les gens de ces choses-là. Leur apprendre que l'immortalité est mortelle, qu'elle peut mourir, que c'est arrivé, que cela arrive encore. Qu'elle ne se signale pas en tant que telle, jamais, qu'elle est la duplicité absolue. Qu'elle n'existe pas dans le détail mais seulement dans le principe. Que certaines personnes peuvent en receler la présence, à condition qu'elles ignorent le faire. De même que certaines autres personnes peuvent en déceler la présence chez ces gens, à la même condition, qu'elles ignorent le pouvoir. Que c'est tandis qu'elle se vit que la vie est immortelle, tandis qu'elle est en vie. Que l'immortalité ce n'est pas une question de plus ou moins de temps, que ce n'est pas une question d'immortalité, que c'est une question d'autre chose qui reste ignoré. Que c'est aussi faux de dire qu'elle est sans commencement ni fin que de dire qu'elle commence et qu'elle finit avec la vie de l'esprit du moment que c'est de l'esprit qu'elle participe et de la poursuite du vent. Regardez les sables morts des déserts, le corps mort des enfants : l'immortalité ne passe pas par là, elle s'arrête et contourne.

Pour le petit frère il s'est agi d'une immortalité sans défaut, sans légende, sans accident, pure, d'une seule portée. Le petit frère n'avait rien à crier dans le désert, il n'avait rien à dire, ailleurs ou ici même, rien. Il était sans instruction, il n'était jamais arrivé à s'instruire de quoi que ce soit. Il ne savait pas parler, à peine lire, à peine écrire, parfois on croyait qu'il ne savait même pas souffrir. C'était quelqu'un qui ne comprenait pas et qui avait peur.

Cet amour insensé que je lui porte reste pour moi un insondable mystère. Je ne sais pas pourquoi je l'aimais à ce point-là de vouloir mourir de sa mort. J'étais séparée de lui depuis dix ans quand c'est arrivé et je ne pensais que rarement à lui. Je l'aimais, semblait-il, pour toujours et rien de nouveau ne pouvait arriver à cet amour. J'avais oublié la mort.

On parlait peu ensemble, on parlait très peu du frère aîné, de notre malheur, de celui de la mère, de celui de la plaine. On parlait plutôt de la chasse, de carabines, de mécanique, des autos. Il se mettait en colère contre l'auto cassée et il me racontait, il me décrivait les bagnoles qu'il aurait plus tard. Je connaissais toutes les marques de carabines de chasse et toutes celles des bagnoles. On parlait aussi, bien sûr, d'être dévorés par les tigres si on ne faisait pas attention ou de se noyer dans le rac si on continuait à nager dans les courants. Il était de deux ans mon aîné.

Le vent s'est arrêté et il fait sous les arbres la lumière surnaturelle qui suit la pluie. Des oiseaux crient de toutes leurs forces, des déments, ils s'aiguisent le bec contre l'air froid, ils le font sonner dans toute son étendue de façon presque assourdissante.

Les paquebots remontaient la rivière de Saigon, moteurs arrêtés, tirés par des remorqueurs, jusqu'aux installations portuaires qui se trouvaient dans celle des boucles du Mékong qui est à la hauteur de Saigon. Cette boucle, ce bras du Mékong, s'appelle la Rivière, la Rivière de Saigon. L'escale était de huit jours. Du moment que les bateaux étaient à quai, la France était là. On pouvait aller dîner en France, y danser, c'était trop cher pour ma mère et de plus pour elle ce n'était pas la peine, mais avec lui, l'amant de Cholen, on aurait pu y aller. Il n'y allait pas parce qu'il aurait eu peur d'être vu avec la petite Blanche si jeune, il ne le disait pas mais elle le savait. À cette époque-là, et ce n'est pas encore si loin, à peine cinquante ans, il n'y avait que les bateaux pour aller partout dans le monde. De grandes fractions des continents étaient encore sans routes, sans chemins de fer. Sur des centaines, des milliers de kilomètres carrés il n'y avait encore que les chemins de la préhistoire. C'était les beaux paquebots des Messageries maritimes, les mousquetaires de la ligne, le *Porthos,* le *D'Artagnan,* l'*Aramis,* qui reliaient l'Indochine à la France.

Ce voyage-là durait vingt-quatre jours. Les paquebots des lignes étaient déjà des villes avec des rues, des bars, des cafés, des bibliothèques, des salons, des rencontres, des amants, des mariages, des morts. Des sociétés de hasard se formaient, elles étaient obligées, on le savait, on ne l'oubliait pas, et de ce fait elles devenaient vivables, et même parfois inoubliables d'agrément. C'était là les seuls voyages des femmes. Pour beaucoup d'entre elles surtout mais pour certains hommes parfois, les voyages pour se rendre à la colonie restaient la véritable aventure de l'entreprise. Pour la mère ils avaient toujours été, avec notre petite enfance, ce qu'elle appelait « le meilleur de sa vie ».

Les départs. C'était toujours les mêmes départs. C'était toujours les premiers départs sur les mers. La séparation d'avec la terre s'était toujours faite dans la douleur et le même désespoir, mais ça n'avait jamais empêché les hommes de partir, les juifs, les hommes de la pensée et les purs voyageurs du seul voyage sur la mer, et ça n'avait jamais empêché non plus les femmes de les laisser aller, elles qui ne partaient jamais, qui restaient garder le lieu natal, la race, les biens, la raison d'être du retour. Pendant des siècles les navires avaient fait que les voyages étaient plus lents, plus tragiques aussi qu'ils ne le sont de nos jours. La durée du voyage couvrait la longueur de la distance de façon naturelle. On était habitué à ces lentes vitesses humaines sur la terre et sur la mer, à ces retards, à ces attentes du vent, des éclaircies, des naufrages, du soleil, de la mort. Les paquebots qu'avait connus la petite Blanche étaient déjà parmi les derniers courriers du monde. C'était pendant sa jeunesse en effet que les premières lignes d'avion avaient été instituées qui devaient progressivement priver l'humanité des voyages à travers les mers.

On allait encore chaque jour dans la garçonnière de Cholen. Il faisait comme d'habitude, pendant tout un temps il faisait comme d'habitude, il me douchait avec l'eau des jarres et il me portait sur le lit. Il venait près de moi, il s'allongeait aussi mais il était devenu sans force aucune, sans puissance aucune. La date du départ, même encore lointaine, une fois fixée, il ne pouvait plus rien faire avec mon corps. C'était arrivé brutalement, à son insu. Son corps ne voulait plus de celle-ci qui allait partir, trahir. Il disait : je ne peux plus te prendre, je croyais pouvoir encore, je ne peux plus. Il disait qu'il était mort. Il avait un très doux sourire d'excuse, il disait que peut-être ça ne reviendrait plus jamais. Je lui demandais s'il aurait voulu cela. Il riait presque, il disait : je ne sais pas, en ce moment peut-être que oui. Sa douceur était restée entière dans la douleur. Il ne parlait pas de cette douleur, il n'en avait jamais dit un mot. Parfois son visage tremblait, il fermait les yeux et ses dents se serraient. Mais il se taisait toujours sur les images qu'il voyait derrière ses yeux fermés. On aurait dit qu'il aimait cette douleur, qu'il l'aimait comme il m'avait aimée, très fort, jusqu'à mourir peut-être, et que maintenant il la préférait à moi. Des fois il disait qu'il voulait me caresser parce qu'il savait que j'en avais une grande envie et qu'il voulait me regarder lorsque la jouissance se produirait. Il le faisait, il me regardait en même temps et il m'appelait comme son enfant. On avait décidé de ne plus se voir mais ce n'était pas possible, ça n'avait pas été possible. Chaque soir je le retrouvais devant le lycée dans son automobile noire, la tête détournée de la honte.

Lorsque l'heure du départ approchait, le bateau lançait trois coups de sirène, très longs, d'une force terrible, ils s'entendaient dans toute la ville et du côté du port le ciel devenait noir. Les remorqueurs s'approchaient alors du bateau et le tiraient vers la travée centrale de la rivière. Lorsque c'était fait, les remorqueurs larguaient leurs amarres et revenaient vers le port. Alors le bateau encore une fois disait adieu, il lançait de nouveau ses mugissements terribles et si mystérieusement tristes qui faisaient pleurer les gens, non seulement ceux du voyage, ceux qui se séparaient mais ceux qui étaient venus regarder aussi, et ceux qui étaient là sans raison précise, qui n'avaient personne à qui penser. Le bateau, ensuite, très lentement, avec ses propres forces, s'engageait dans la rivière. Longtemps on voyait sa forme haute avancer vers la mer. Beaucoup de gens restaient là à le regarder, à faire des signes de plus en plus ralentis, de plus en plus découragés, avec leurs écharpes, leurs mouchoirs. Et puis, à la fin, la terre emportait la forme du bateau dans sa courbure. Par temps clair on le voyait lentement sombrer.

Elle aussi c'était lorsque le bateau avait lancé son premier adieu, quand on avait relevé la passerelle et que les remorqueurs avaient commencé à le tirer, à l'éloigner de la terre, qu'elle avait pleuré. Elle l'avait fait sans montrer ses larmes, parce qu'il était chinois et qu'on ne devait pas pleurer ce genre d'amant. Sans montrer à sa mère et à son petit frère qu'elle avait de la peine, sans montrer rien comme c'était l'habitude entre eux. Sa grande automobile était là, longue et noire, avec, à l'avant, le chauffeur en blanc. Elle était un peu à l'écart du parc à voitures des Messageries maritimes, isolée. Elle l'avait reconnue à ces signes-là. C'était lui à l'arrière, cette forme à peine visible, qui ne faisait aucun mouvement, terrassée. Elle était accoudée au bastingage comme la première fois sur le bac. Elle savait qu'il la regardait. Elle le regardait elle aussi, elle ne le voyait plus mais elle regardait encore vers la forme de l'automobile noire. Et puis à la fin elle ne l'avait plus vue. Le port s'était effacé et puis la terre.

Il y avait la mer de Chine, la mer Rouge, l'océan Indien, le canal de Suez, le matin on se réveillait et c'était fait, on le savait à l'absence de trépidations, on avançait dans les sables. Mais avant tout il y avait cet océan. C'était le plus loin, le plus vaste, il touchait le pôle Sud, le plus long entre les escales, entre Ceylan et la Somalie. Certaines fois il était si calme et le temps si pur, si doux, qu'il s'agissait, quand on le traversait, comme d'un autre voyage que celui à travers la mer. Alors tout le bateau s'ouvrait, les salons, les coursives, les hublots. Les passagers fuyaient leurs cabines torrides et dormaient à même le pont.

106

Au cours d'un voyage, pendant la traversée de cet océan, tard dans la nuit, quelqu'un était mort. Elle ne sait plus très bien si c'était au cours de ce voyage-là ou d'un autre voyage que c'était arrivé. Il y avait des gens qui jouaient aux cartes dans le bar des Premières, parmi ces joueurs il y avait un jeune homme et, à un moment donné, ce jeune homme, sans un mot, avait posé ses cartes, était sorti du bar, avait traversé le pont en courant et s'était jeté dans la mer. Le temps d'arrêter le bateau qui était en pleine vitesse et le corps s'était perdu.

Non, à l'écrire, elle ne voit pas le bateau mais un autre lieu, celui où elle a entendu raconter l'histoire. C'était Sadec. C'était le fils de l'administrateur de Sadec. Elle le connaissait, il était aussi au lycée de Saigon. Elle se souvient, très grand, le visage très doux, brun, les lunettes d'écaille. Rien n'avait été retrouvé dans la cabine, aucune lettre. L'âge est resté dans la mémoire, terrifiant, le même, dix-sept ans. Le bateau était reparti à l'aube. Le plus terrible c'était ça. Le lever du soleil, la mer vide, et la décision d'abandonner les recherches. La séparation.

Et une autre fois, c'était encore au cours de ce même voyage, pendant la traversée de ce même océan, la nuit de même était déjà commencée, il s'est produit dans le grand salon du pont principal l'éclatement d'une valse de Chopin qu'elle connaissait de façon secrète et intime parce qu'elle avait essayé de l'apprendre pendant des mois et qu'elle n'était jamais arrivée à la jouer correctement, jamais, ce qui avait fait qu'ensuite sa mère avait consenti à lui faire abandonner le piano. Cette nuit-là, perdue entre les nuits et les nuits, de cela elle était sûre, la jeune fille l'avait justement passée sur ce bateau et elle avait été là quand cette chose-là s'était produite, cet éclatement de la musique de Chopin sous le ciel illuminé de brillances. Il n'y avait pas un souffle de vent et la musique s'était répandue partout dans le paquebot noir, comme une injonction du ciel dont on ne savait pas à quoi elle avait trait, comme un ordre de Dieu dont on ignorait la teneur. Et la jeune fille s'était dressée comme pour aller à son tour se tuer, se jeter à son tour dans la mer et après elle avait pleuré parce qu'elle avait pensé à cet homme de Cholen et elle n'avait pas été sûre tout à coup de ne pas l'avoir aimé d'un amour qu'elle n'avait pas vu parce qu'il s'était perdu dans l'histoire comme l'eau dans le sable et qu'elle le retrouvait seulement maintenant à cet instant de la musique jetée à travers la mer.

Comme plus tard l'éternité du petit frère à travers la mort.

Autour d'elle les gens dormaient, recouverts par la musique mais pas réveillés par elle, tranquilles. La jeune fille pensait qu'elle venait de voir la nuit la plus calme qui serait jamais survenue dans l'océan Indien. Elle croit que c'est pendant cette nuit-là aussi qu'elle a vu arriver sur le pont son jeune frère avec une femme. Il s'était accoudé au bastingage, elle l'avait enlacé et ils s'étaient embrassés. La jeune fille s'était cachée pour mieux voir. Elle avait reconnu la femme. Déjà, avec le petit frère, ils ne se quittaient plus. C'était une femme mariée. Il s'agissait d'un couple mort. Le mari paraissait ne s'apercevoir de rien. Pendant les derniers jours du voyage le petit frère et cette femme restaient toute la journée dans la cabine, ils ne sortaient que le soir. Pendant ces mêmes journées le petit frère regardait sa mère et sa sœur sans les reconnaître aurait-on dit. La mère était devenue farouche, silencieuse, jalouse. Elle, la petite, elle pleurait. Elle était heureuse, croyait-elle, et dans le même temps elle avait peur de ce qui arriverait plus tard au petit frère. Elle avait cru qu'il les laisserait, qu'il partirait avec cette femme, mais non, il les avait rejointes à l'arrivée en France.

Elle ne sait pas combien de temps après ce départ de la jeune fille blanche il a exécuté l'ordre du père, quand il a fait ce mariage qu'il lui ordonnait de faire avec la jeune fille désignée par les familles depuis dix ans, couverte d'or elle aussi, des diamants, du jade. Une Chinoise elle aussi originaire du Nord, de la ville de Fou-Chouen, venue accompagnée de famille.

Il a dû être longtemps à ne pas pouvoir être avec elle, à ne pas arriver à lui donner l'héritier des fortunes. Le souvenir de la petite Blanche devait être là, couché, le corps, là, en travers du lit. Elle a dû rester longtemps la souveraine de son désir, la référence personnelle à l'émotion, à l'immensité de la tendresse, à la sombre et terrible profondeur charnelle. Puis le jour est arrivé où ça a dû être possible. Celui justement où le désir de la petite Blanche devait être tel, intenable à un tel point qu'il aurait pu en retrouver son image entière comme dans une grande et forte fièvre et pénétrer l'autre femme de ce désir d'elle, l'enfant blanche. Il avait dû s'être retrouvé par le mensonge, au-dedans de cette femme et, par le mensonge, faire ce que les familles, le Ciel, les ancêtres du Nord attendaient de lui, à savoir l'héritier du nom.

Peut-être connaissait-elle l'existence de la jeune fille blanche. Elle avait des servantes natives de Sadec qui connaissaient l'histoire et qui avaient dû parler. Elle ne devait pas ignorer sa peine. Elles auraient dû être du même âge toutes les deux, seize ans. Cette nuit-là avait-elle vu pleurer son époux ? Et, ce voyant, l'avait-elle consolé ? Une petite fille de seize ans, une fiancée chinoise des années trente pouvait-elle sans inconvenance consoler ce genre de peine adultère dont elle faisait les frais ? Qui sait ? Peut-être qu'elle se trompait, peut-être avait-elle pleuré avec lui, sans un mot, le reste de la nuit. Et puis qu'ensuite serait venu l'amour après les pleurs.

Elle, la jeune fille blanche, elle n'avait jamais rien su de ces événements-là.

Des années après la guerre, après les mariages, les enfants, les divorces, les livres, il était venu à Paris avec sa femme. Il lui avait téléphoné. C'est moi. Elle l'avait reconnu dès la voix. Il avait dit : je voulais simplement entendre votre voix. Elle avait dit : c'est moi, bonjour. Il était intimidé, il avait peur comme avant. Sa voix tremblait tout à coup. Et avec le tremblement, tout à coup, elle avait retrouvé l'accent de la Chine. Il savait qu'elle avait commencé à écrire des livres, il l'avait su par la mère qu'il avait revue à Saigon. Et aussi pour le petit frère, qu'il avait été triste pour elle. Et puis il n'avait plus su quoi lui dire. Et puis il le lui avait dit. Il lui avait dit que c'était comme avant, qu'il l'aimait encore, qu'il ne pourrait jamais cesser de l'aimer, qu'il l'aimerait jusqu'à sa mort.

Neauphle-le-Château — Paris
février-mai 1984

ACHEVÉ D'IMPRIMER LE 25 SEPTEMBRE 1991
SUR LES PRESSES DE L'IMPRIMERIE HÉRISSEY
POUR LE COMPTE DE FRANCE LOISIRS
123, BOULEVARD DE GRENELLE, PARIS

Imprimé en France
Dépôt légal : Septembre 1991
N° d'imprimeur : 55869 — N° d'éditeur : 25604